# 將我的永遠全都獻給妳

汐見夏衛

Contents

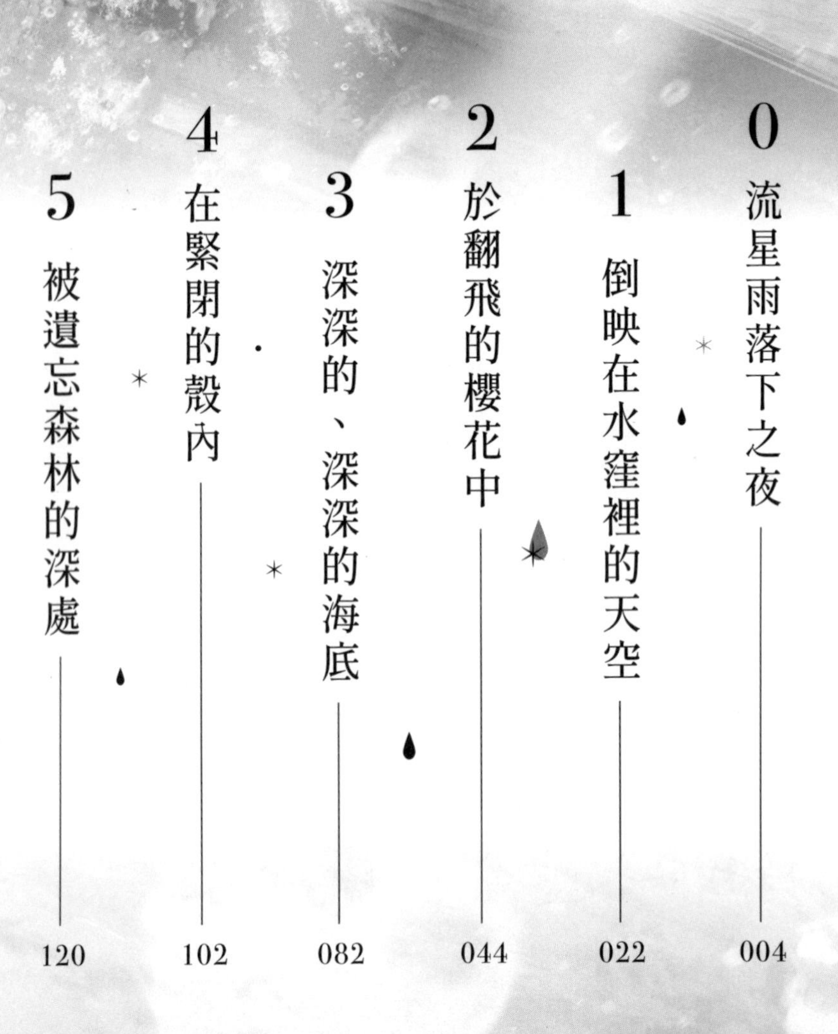

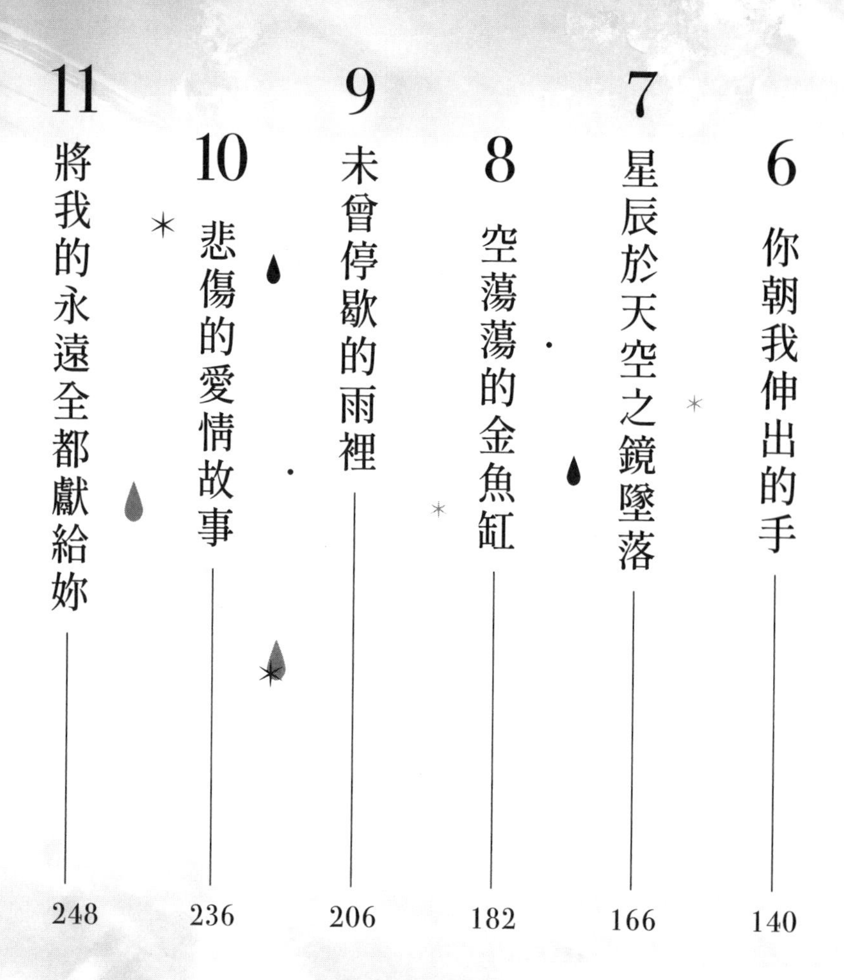



視覺設計：ふすい

# 0 流星雨落下之夜

——無論妳在哪裡，我都一定會找到妳。

雨再次開始滴滴答答地落在映照著夜空的水窪裡。接連開展的波紋互相撞擊，沒多久便像融化一般消失無蹤。

我腦袋放空，呆呆地盯著不斷變化的水面看。沒多久，隨著空氣震顫的聲音傳來，周身隨即被煙霧般的細雨簾幕包圍。

雨聲越來越大，空氣和衣服都漸漸沾染上了溼氣。溼淋淋的頭髮貼在臉和脖子上，感覺相當不舒服。

我抬起原本埋在雙膝中的臉，仰望夜空，數不清的冰冷水珠打在面頰上。受亮白澄澈的街燈燈光所照射出來的雨滴，蘊含著無機質的光芒，銀輝閃耀，彷若流星。

腦中浮現不知在哪裡聽過的名詞，星落之夜。這麼說來，雨和星星一樣，用的都是「落下」這個詞……我百無聊賴地想著。

在下個不停的雨中，窩在深夜公園的一隅壓低呼吸、雙手抱膝蜷起身體的我，突然感到好孤獨。為了掩蓋心中的酸楚與寂寞，我刻意仰起頭、閉上眼，試著想像若雨滴全換成星星的話會怎麼樣？一邊閃耀著點點銀輝，一邊從無邊無際的夜空中源源不絕墜落的，數不清的流星。

在被風吹雨打的眼瞼底下描繪幻想中的景象後，我改變了主意。不，比起星星，還是食物比較好。反正都會下個沒完，那麼與其下星星或雨滴，還不如來點像金米糖之類色彩繽紛的東西，那樣一定很幸福。

「……肚子好餓……。」

我一邊感受著滴滴答答打在全身上下的雨水一邊低語，再度低頭將臉壓回膝上。說起來，今天一整天除去中午吃了個麵包外，便什麼都沒有了。

冷風吹過，後背一陣顫抖。於隆冬二月深夜降下的雨，滴滴都能凍到骨子裡。

比起金米糖，還是暖呼呼的東西好。比如熱騰騰的奶油燉菜。剎那間，我忽然想起一家人圍著餐桌，看起來十分幸福的家庭電視廣告，內心頓時空虛不已。

那是與我無緣的世界。

冰冷的手指數度摩挲著肩頭。我心中不住埋怨，自己為什麼穿那麼少還要跑出來。

幾個小時前，放學回家正在房間裡換衣服的時候，耳邊突地傳來一樓冰箱門被用力關上的聲音，察覺到媽媽心情不好，我慌慌張張地連外套都來不及拿，單穿一件制服便連忙衝出家門。

雨落在遊具上彈跳的聲音、被吸入地面的聲音、樹梢搖晃的聲音瞬間將我包圍。在一片寧靜的喧囂中，只有自己的呼吸聲顯得格外刺耳。

是打算待在這裡多久啊？我猶如旁觀者一般的想著。

話說回來，其實不只是現在，每一分每一秒，我都無法安心待在自己的家中。

在那個家裡，雖然確實有我的房間、餐桌也有我的位置，可卻沒有我的容身之處。

雨勢漸漸轉強。水滴滴答答地從溼透的髮梢及衣襬落下。

好冷。冷得不得了。我環抱著肩膀，把身體縮得更緊。

如果沒下雨，應該會好一點吧？就在我胡思亂想時，落在肩膀上的雨忽然停了。

雨雲散去了嗎？但不絕於耳的滴滴答答聲，讓我知道雨果然還在下。

心下奇怪，我微微抬頭，一雙沾了泥的球鞋隨即出現在視野邊緣，我驚訝得睜大了眼，一邊聽著耳膜深處裡胸口砰砰跳的聲音，視線一邊緩緩往上移，溼透的牛仔褲、白襯衫、灰藍色大衣。

然後，是塑膠傘。在一片幽闇中模模糊糊好似漂浮般散發著淡淡的光亮，遮住落在我身上雨水的傘。

察覺到有人幫我撐傘，我不由得瞬間屏息。

我像仰望夜空般抬起眼，傘的另一邊，因塑膠傘面上滑落的雨水與無數水滴而透明扭曲的世界正中央，有個男生。

「咦……？」

閃爍著點點星芒的黑眸、挺直的鼻樑、形狀優美的薄唇、白皙的皮膚，還有彷彿要融入夜色中的漆黑髮絲。眼前的人渾身帶著股離世的獨特氛圍，宛如人造品一般，俊美到甚至不像真人。

見到那張臉的瞬間，我的心臟重重的跳了一下。接著，右臉一下子升溫發燙，劇烈刺痛起來。

我一如往常，反射性地用右手遮住臉頰後，微微開口。

「誰……？」

原本打算小聲詢問的，但乾渴的喉間卻只吐出了些許氣息。

對方沒作聲，僅直直望著依然坐著、一言不發的我。

氣氛突然變得有些奇妙。

在煙雨濛濛的景象中，宛如夢境般朦朧浮現的陌生人影，沉默凝視著自己。明明是詭異到會覺得恐怖的狀況，不知為何，我卻沒有絲毫懼意。

驚訝跟不安倒是有一點，但相當不可思議的是唯獨不感到害怕。

或許是因為他為我遮擋了落下的雨水，自己卻淋成落湯雞的緣故吧？像是水兜頭灑下一般，頭髮、臉、衣服全都溼透。明明渾身溼到一塌胡塗，他卻一臉不在乎的樣子，只顧著幫我撐傘。

為什麼呢？說不出口的疑問卡在喉頭。

這時，他脣邊忽然露出一抹笑意。

「——終於，找到妳了。」

我不由得開口，欸了一聲。

儘管覺得自己聽到的是「找到了」，不過應該是聽錯了吧？我完全不懂他為何會說這樣的話。

不管我的疑惑，他露出微笑。

「幸好還來得及……。」

像是真的放下心來似的，他鬆了口氣。而後瞇起眼睛，像是乾旱已久的人得到天賜甘霖般，露出了個發自內心的笑容。

呵，脣邊扯出了抹自嘲的弧度。我可不是個會有人來找，找到了還會開心的存在。

「……你是不是認錯人了？」

我一邊用手推開他為我撐的傘一邊小聲說。

「我不認識你。」

我想，這樣回答的話，他一定會注意到自己搞錯，然後立刻轉身離開。可不知為何，他卻一臉堅決地搖搖頭。

「不，我沒有認錯。」

如此斷言的他，左手握著的傘再次回到我頭上，直直地看著我。那雙宛若星子的眼眸，就像鑲嵌在純黑色中的銀光一般，散發出點點光芒。

「我沒有認錯人。因為，妳——。」

他忽然動了。舉起右臂，朝我伸出手。

我的眼睛像看慢動作一樣捕捉他的舉措，與此同時，心臟也咯噔了一下，隨即反射性的緊緊閉上眼，無意識地蜷縮起身體、用雙臂護住頭部。

下一個瞬間，我想起這不是家裡，還有幫我擋雨的這個人應該不會突然對我動手，連忙抬起頭。

「啊……抱歉，我不是故意的……。」

說不出覺得自己可能會挨打這種失禮的話，我噤了聲。

一定會生氣吧？除了道歉之外，我完全不知道該說些什麼，只能沉默地望向對方。

他好像嚇到了，雙眼圓睜，表情一點一點地扭曲，薄薄的脣瓣緩緩張開。「……抱歉。」

呻吟一般，異常痛苦的聲音。

「對不起，我來晚了……。」

……怎麼回事？為什麼他要道歉？正當我覺得不可思議時，他又緩緩地朝我靠了過來，然後盯著我的肩頭看。

「這麼冷的天，妳為什麼……？」

他輕聲低語，接著把傘放在地上，開始緩緩脫下大衣。

對方意料之外的舉措，讓我呆了一下。眼前的男生露出笑容、蹲下身，把脫下的大衣披在我身上。

「呃……？」

我就這樣呆呆地張著嘴，抬頭望向他的臉。

「要是生病就糟了。」

他理所當然般的回答。大衣雖然早已溼透，不過或許是厚實的布料遮擋了寒氣吧？衣服上身後沒多久便溫暖了起來。

我下意識緊握住大衣領口，楞楞傻傻地直視他，回過神後才發現不對勁。

他根本沒必要這麼做，更何況我們今天才第一次見面而已。

男生露出微笑，再度拿起放在地上的雨傘撐在我頭上。打在身上的雨停了，冬夜的氣息也離我遠去，到剛剛為止都凍得厲害的我，忽然之間像是從冰冷的世界中被救出來似的，溫暖舒適了不少。

可是，把傘和大衣都遞給我了的他，卻一點禦寒的東西都沒有。薄薄的襯衫被雨打溼，透出肌膚的顏色，這樣下去，他會感冒的。

我以手觸肩，一邊用冷到抖個不停、不聽使喚的手指吃力的想脫下大衣，一邊開口。

「……謝謝你，不過……」

我不需要，還給你。原本打算這麼說的，可在接下來的話說出口前，他卻突如其來的張開雙臂。

我的注意力被他詭異的動作所吸引，回過神時，已被他輕輕擁進了懷裡。

「……呃！」

我全身僵硬，無聲吶喊。事情發生得太過突然，儘管確確實實看見他的雙臂出現在自己的兩側，我卻連逃走都辦不到。

反應過來後，我狠狠的推開他。

傘從沒站穩一個踉蹌的他手中滾落。因為沒了區隔天空與我的透明外殼，雨再度毫不留情地打在我身上。

他睜大眼睛，直直盯著我。瀏海被雨打溼，貼在太陽穴上，看得出他的額頭上有條頗長的傷痕。我一邊用眼角餘光瞥向他的傷疤，一邊站起身往公園外奔去。

說不定他會追上來。即便想確認，不過卻怕得不敢回頭。想著總之先離開這裡，我拚命地邁開腳步。

一邊氣喘吁吁一邊在大雨中拚命奔跑，在見到家出現在道路另一頭時，我終於放慢腳步。儘管不敢停下來，但也討厭接近家裡，只好一步一步地緩緩踏著走過去。

明明知道家裡沒有自己的容身之處，最後還是只能回家。無能為力的自己真是有夠可悲。即便是躊躇著慢慢走，家還是近在眼前。我小心翼翼不發出聲音的打開玄關大門，偷偷摸摸地走進去。全黑的走廊上，只有從客廳流瀉出來的微光；傳來應該是正在洗衣服的聲音。還醒著啊，我放棄的嘆口氣，舔舔嘴脣。

在我脫下因溼透而變重的樂福鞋時，才注意到那人的大衣還披在我身上。

糟了，我心裡發苦。明明打算立刻還給他的，卻因被他突然抱住，嚇到不行而錯失良機。雖然我抓著衣服便跑有錯，可現在這樣更不知該如何是好，無計可施。就算想還，但既不知道他從哪來，也無法保證能再遇見他。

我再度下意識的嘆氣，坐在台階上，拿出收在玄關側的舊報紙。盡可能安靜地慢慢用手對半撕揉成紙團，塞到樂福鞋中。雖然想早點躲回房間不讓媽媽發現，但要是不做，可想而知會被臭罵一頓。

縮著身體蹲下，我把樂福鞋放到邊上，沒多久便發現肩上披著的大衣衣襬正滴滴答答的滴水，連地板都被弄溼了。

我慌忙脫下大衣放到膝上，視線落在吸了水變得沉重無比的大衣上，腦子稍微冷靜了點，想著他到底是誰？

看起來和我年齡相仿。在如此冷的雨夜裡出門，感覺似乎不像個好學生。我無視自己行為的想著。

就在此時，背後傳來客廳門開了的聲音，我反射性的抱胸，把大衣藏起來。

「……千花，妳回來啦。」

媽媽的聲音傳進耳中。我就這樣低著頭，小聲地回答「嗯」。

都是那個男生害的，都是他讓我一直胡思亂想，害我來不及回房間才會被媽媽抓包。

心知再不走等下會很麻煩，所以我立刻站起身，想盡快離開。

可媽媽就像堵在走廊上般跨開腿、雙手抱胸，看來我逃不掉了。

「現在都幾點了？真是的，鬼混到這麼晚……要是被附近鄰居看到，說妳是不良少女的話該怎麼辦？妳爸聽到不氣死才怪。」

蘊含怒意的尖銳聲音刺了過來。我垂著頭，緊緊抓著懷中的大衣，用乾澀的喉嚨擠出一句小小聲的「抱歉」。

低下頭後的視野被隨意延伸的長髮團團覆蓋，幽暗又狹窄。媽媽用趾尖輕點地板的腳，充分表達了她的不滿。

就在我思考有沒有什麼能順利逃離眼前現況的方法時，「等等，千花！」，耳邊傳來劃破空氣般的吼叫聲。

「妳在幹什麼？地墊都溼了！」

我慌忙看向地板，因為溼透的我坐在上面的緣故，玄關的地墊也全是水。

「……抱、抱歉。」

我仍然低著頭，顫聲道歉，沒有勇氣直視媽媽狂暴發怒的臉。

「我會擦乾淨的……現在立刻。」

總之先去浴室拿毛巾，我想。才踏出一步，「啊啊!!」媽媽再次發出好比世界末日般的慘叫聲。我嚇了一跳，全身發抖，停下腳步。

下個瞬間，眼角餘光瞥見了以迅雷不及掩耳之勢欺近的手心。比起腦子身體先動，我雙手抱頭，縮起肩膀。

與啪一聲宛如空氣爆開的聲音一起，我沒有遮擋到的左臉頰與耳朵突地一陣熱辣辣的疼。

「這樣跑的話走廊不也就溼答答了嗎？妳這白痴！」

我一邊緩緩抬頭，一邊小聲說「抱歉」。儘管是想連走廊一起擦乾淨就好才這麼做的，可我也清楚現在反駁媽媽的話無異於火上加油，因此只能一個勁的拚命道歉。

「我去拿毛巾過來，妳給我乖乖等著！」

是，我小聲回答，直挺挺的站在黑漆漆的玄關等媽媽。穿過大門從外面傳來的冷空氣，刺進被雨淋溼的肌膚裡。冷冰冰的身體中，只有被打的地方熱到發漲。

我呆呆地看著從髮梢、裙襬滴落的水滴在地上積成了水窪，默默感覺自己的眼睛一定猶如洞窟般，既灰暗又空洞。

沒多久，媽媽一邊抱怨一邊從浴室出來。接過浴巾，我用極其微弱的聲音說了「謝謝」，不過媽媽似乎沒有聽見。

「真是的……不知道妳在想什麼，為何非要在這種下雨天跑到外面去淋雨……。」

「……對不起。」

「妳為什麼老給人添麻煩？是想讓我不開心？真是的，妳也差不多一點好不好？」

「抱歉，抱歉……。」

在我下意識地反覆道歉時，玄關大門的另一頭突然嘎鏘！一下傳來什麼東西倒掉般的巨響。媽媽的肩膀明顯的抽了一下。她「啊」了一聲，快步走下玄關。

「你、你回來啦，老公。」

媽媽打開門，另一頭是爸爸滿臉通紅的身影。他的身體不自然地左右搖晃，大概又喝酒了……爸爸喝醉時是真的很糟糕。

「為什麼放在這裡，擋路。」

一如預期，爸爸口齒不清的開始抱怨。

「絆到腳了啦，要是受傷了怎麼辦！」

爸爸睥睨著倒在腳邊的傘架，然後滿臉不爽地踹開。媽媽一邊說「對不起」，一邊追著那個滾來滾去的東西，撿起來放在玄關前。

明明一直都放在同一個地方，是踢到它的人不對吧？儘管我覺得媽媽也一定這麼想，但她什麼都沒有說，只是不停地道著歉。她被罵的時候跟我是一樣的。

光看就不舒服。我趁爸爸大罵正把鞋放整齊的媽媽時，逃難似的跑上樓梯。

我的房間在二樓最裡面，所以一定會經過姐姐的房間前。我放輕腳步，慢慢走過走廊，一瞥見門縫另一頭姐姐對著桌子努力用功的側臉。便不由得停下腳步，偷偷往裡面看。

姐姐百花比我大一歲，用爸爸的話來形容，就是「長得好、性格好、成績好，跟千花完全不同，令他自豪的女兒」，我也這麼覺得。爸媽疼愛姐姐是理所當然的，如果我是他們，大概也會這麼做。

從她剪得齊整的髮絲間，露出了耳朵，上頭一如往常地掛著耳機，她好像不聽點音樂就無法集中精神。要是我做一樣的事，媽媽就會破口大罵「給我專心念書」，可媽媽卻會在既非生日也非什麼紀念日的普通日子裡，買幾千塊的耳機給姐姐。反正我已經習慣偏袒或差別待遇了，無所謂。

自幼就聰明又優秀的她，現在在縣裡首屈一指的升學學校就讀，可說備受一眾親朋好友的期待。由於四月起升上高三，緊接著就要準備大學入學考的關係，因此她每天都在補習班待到頗晚，回家之後也過著可謂是書蟲的生活。

不能打擾姐姐念書，所以我小心翼翼的不在地板上踩出聲音，花了很長的時間走過她的房間。

我打開自己房間的門，走了進去。這個宛如被逼到一角的陰暗房間內非常安靜，空間裡只充斥著雨打在窗櫺上的聲音。

脫下溼透的制服，換上家居服。襯衫和毛巾等等要拿去浴室，所以暫時放在角落。裙子明天還得穿，非得早點弄乾不可。就在我呆呆地想著這些事情的時候，毛巾下糾結成一團的藍色大衣映入眼簾。

「這個，該怎麼辦……？」

得還給對方，但不知道該怎麼還。總之，為了不讓衣服產生皺折，我先用衣架掛在吹得到空調的地方晾乾。

把這些事做完之後，我在椅子上坐下，看著大衣，回想起剛剛在公園發生的一切。

在下個不停的雨中保護我的塑膠傘與大衣。還有，把這些東西毫不猶豫遞給我的，那個不可思議的男生。

突然出現在眼前、對我說些莫名其妙的話，還不知所以地抱住了我。儘管當下相當混亂，不過現在冷靜下來想想，總覺得心中一點一點地變得溫暖起來。

因為他既沒有傷害我，也沒有責罵或蔑視。不僅如此，他還不管自己身上會弄溼，把雨傘和大衣給了我，露出溫和的微笑直視著我。就像在看什麼重要事物似的，極其溫柔的眼神。

雖然他一定是認錯了人，但也是我有生以來，第一次感受到被關心的感覺。儘管是被錯認才得到的待遇，不過有人能為我遮風擋雨，依舊讓我十分開心。

可惜剛剛太過驚訝，導致明明得到了對方的溫柔以待卻沒能言謝。如果哪天能再遇見他，這次我一定會好好的說「謝謝你」。

我知道自己緩過來了，拉開左側的窗簾，把額頭貼在玻璃上般的看著窗外。

雨還在下。我一邊看著窗戶另一頭陰暗潮濕的街道，思緒一邊馳騁得更多更遠。

那個人已經回家了吧？應該不會還待在這麼冷的雨中吧？

此時，我的視線無意間緩緩偏移，自己倒映在玻璃上的臉映入眼簾。從額頭到右半邊臉頰，覆蓋著大片紫紅色胎記的臉。

宛如被兜頭灑了冰水一般瞬間回過神來的我，屏住呼吸，唰地別開眼睛。啊啊，是的，這才是我。我深切的認知到這一點。

手反射性的撫上右臉頰，指尖上的冷意讓我的背一陣發抖。無所謂，我像是要捏爆胎記似的，手底下一陣用力。

明明知道自己的舉動毫無意義，卻又沒辦法不做。隱藏這個會讓看到的人露出不舒服表情的胎記，是我懂事以來的習慣。這就是我真實的模樣。

頂著一張連家人看了都會皺眉的醜臉，還敢因被那樣帥氣的男生溫柔對待而開心，真是丟臉到想死。有夠不自量力的。宛如熱氣蒸騰般輕飄飄的心情，被毫不留情的擊落崩解。

想起他容顏的瞬間，我的右頰痛了起來。明明沒有受傷，也不是舊疤，只不過是色素沉澱的胎記而已，卻宛如刷存在感般的一下一下鈍鈍地發疼。彷彿某人在斥責我別忘了自己是什麼貨色，要有自知之明似的。

我閉起眼睛吐出一口大氣，就這樣轉過臉，拉上窗簾。

不過，不管再怎麼別開眼睛，映入眼簾的這副面孔，也已然清晰地烙印在腦海中。

即便光想到自己這張醜臉心情就會不好，可就跟明知會痛還是無法停止的自殘行為一樣，有時就是會不由得反覆去想。平常厚重的瀏海會蓋到眼睛下方，再用長髮隱藏臉頰，盡可能不讓胎記引人注目，偏偏今天因為頭髮被雨淋個溼透就什麼都看見了。所以，久違地直接面對這個醜陋的胎記，內心受到的打擊比想像中還大。

為了避免像現在這樣不小心看見自己的臉，就算是洗澡或對著洗臉台，我也總是除了最低限度的整理儀容之外，絕對不看鏡子。盡可能不拍照，也絕對不看學校的團體照。可一個不注意，就會像現在這樣看見自己倒映在玻璃上的臉，這時便會再一次意識到自己的醜陋，心裡一陣一陣的痛。應該已經見過幾百次了，但無論多久我都無法習慣。

我認真地想，要是能換掉脖子以上的部分就好了。至今想過了千千萬萬遍。如此一來，這張醜陋的臉、愚笨的腦子、陰沉的個性，一定會有所改變。

不過，這種事是不可能發生的，越想只會越痛苦而已。

別再胡思亂想了，我嘆了口氣，慢吞吞地打開教科書。

那件藍色大衣，晒個一天等它乾之後，就收在衣櫃深處吧。眼不見為淨。
這個雨夜，是一切的開始。至少，對我而言是。

# 1 倒映在水窪裡的天空

——無論妳身處在什麼樣的痛苦之中，我都一定會救妳出來。

從昨天傍晚開始下、於窗上打了整晚的雨，在太陽升起時完全停了。只剩下到處都是的水窪和行道樹上反射朝陽的水滴，能讓人感受到昨晚那場雨殘存的痕跡。

我在放晴的清爽氣息中朝學校走去。低著頭的世界因被頭髮圍繞而顯得微暗，給我一股安心感。

我一言不發地挪動雙足，走到學校的圍牆邊時，便聽見從校門那邊傳來「早安！」的明亮聲音。

聲音傳入耳中的瞬間，我的身體咚地一下沉重起來。看來今天正在進行一個月一次的「晨間問好活動」。

這是個召集學生會成員與各班班長，對來上學的學生打招呼的活動。目的聽說是為了讓學校裡的氣氛活潑點，還有防止學生亂了規矩。儘管覺得這是件好事，不過幾十個學生老師一個個笑意盈盈對我打招呼，對我這樣的人來說，除了痛苦之外再無其他感受。

「早安——！」

「早安——！」

四周到處都是和我完全相反，明亮、有朝氣、散發著愉快氛圍的學生。他們一如往常的帶著笑容，一起對我打招呼。而且，今天的聲音甚至比平常更大聲，每個人臉上都掛著看不出是一大清早的燦爛笑容，感覺上距離也比較近。

時序已經進入三月，大概因為這是本學年度最後一次的問好活動，所以大家特別有幹勁。

不能不回禮，這種時候也無法一直低著頭。雖然我每次都覺得很不舒服，但像他們那樣的人，一定一輩子都不會懂我的心情吧？

我若無其事地用手擋住有胎記的右臉，微微往左偏頭，用頭髮遮蓋藏不住的部分。儘管想過平常乾脆戴口罩擋住臉就好，可又不想被周圍的人發現我會在意胎記就放棄了。雖然知道是自己的問題，但想到其他人或許會冒出「長這麼醜好可憐」的想法，就沒法付諸實行。想到自己居然還有不想被同情的心情，就覺得十分好笑。

一走進人堆裡，打招呼的聲音接連而來。我一邊為了避免和耀眼的人目光相接而不自然的挪開視線，一邊回應「早安」。就算我的說話聲小到會被淹沒在周圍的聲音裡，可還是沒有不回應、無視他們的勇氣。

終於穿過校門周邊的人群，挺過如波浪般從左右源源不絕拍打過來的「早安」攻擊後，我累得就像上完了一整天的課。不讓人看見胎記、不抬頭說話，是相當花力氣的事。即便知道沒人對我感興趣、沒人在看我，我還是沒辦法堂堂正正、抬頭挺胸的行走。

換了鞋，我走進教室，在位置上落座。把教學用品移到抽屜裡，一邊看小說，一邊心無旁騖等導師來開始晨間班會。

就在我低著頭的期間班會結束，開始上課，到下課時間，然後再開始上課。換教室的時候也好、吃午餐的時候也好，我都不跟別人說話，也沒人來找我說話。雖然周遭的人都各自成群，到了休息時間就開心的聚在一起聊天，但我就一個人，跟誰都不親近，也不屬於哪個小圈圈。進高中之後大概一年，一直都是這樣。我想即使升上了二年級或三年級，都不會有所改變。

在這個教室裡，我就是空氣。不，比空氣還不如。因為，空氣對生物而言是「不可或缺的」，要是沒了空氣就無法呼吸。但我對大家而言是「沒用的」。完全沒有存在的意義和價值。

所以我每天在教室總是低著頭、放輕呼吸、試圖縮在一角降低存在感，當然也沒人找我說話。應該沒人會對像我這樣總是低著頭的陰鬱怪咖感興趣。

對我漠不關心反而幫了我大忙，畢竟國中時情況完全相反，我過得非常痛苦，全是姐姐害的。她可愛、成績優秀、性格開朗活潑、甚至還被推薦當過學生會長，是校內無人不知、無人不曉的風雲人物。就因為是她的妹妹，所以連我也不可避免地引人注意。

善於社交的姐姐跟誰都能開心聊，很快就熱絡起來，但我完全相反。即使如此，「這麼棒的學生會長，她的妹妹是什麼樣的人呀？」，我的同學、學長姐，甚至連老師都會一臉饒富興味地找我說話，可我總是沒辦法好好回應。知道我完全不符他們預期之後，便態度一百八十度大轉變地用輕蔑的眼神看我。「跟姐姐完全不同」、「沒用的妹妹」。他們背地裡說的壞話，總會清楚地傳到我的耳中。

國中期間，周圍其他人帶著各種想法的目光已讓我筋疲力盡，因此升上高中後，我就只想當一個誰都不認識的透明人，而且也成功做到了。

除了在課堂上被老師點名之外都不出聲的日子，雖然偶爾也會覺得有點空虛，但沒有別人找我說話時非得回點什麼的壓力，讓我感到非常輕鬆愉快。我打算就這樣撐三年，不跟別人說話、不跟誰有關連地度過高中生活然後畢業。這樣就好。

一到放學時間，我立刻拿起書包直接往鞋櫃處移動。只要加入社團就會得跟人交流，所以我選了回家社。一開始會選這所高中，很大的原因就是他們並不強制參加社團活動。

我每天下午四點多走出校門，踏上歸途，不過由於不想太早回家，因此總是會去市立圖書館複習功課或看書看到關門前。在圖書館裡，每個人對周圍的人都既不好奇也不關心，完全沉浸在自己的世界中，這種氛圍讓我覺得十分舒服，也相當喜歡。

清晨時分還到處殘留著灰色雲朵的天空，到了中午已經完全放晴，街上下過雨的氣息也消失了。空氣中一下子有了春天的氣息，真是不可思議。但春天也好、夏天也好，反正我都只是低著頭走路，這世界是什麼樣子都不重要。

往圖書館途中，我平常走的路線正在進行道路整修工程。我聞著揮之不去的加熱瀝青氣味，依循替代路線的指示調轉方向。

走在陌生的街道上，周圍的景象漸漸變得熟悉起來，我才注意到，啊啊，這是通往那座公園的路。一個多月前，遇見那個奇妙男生的公園。

幾乎是無意識的，我往公園走去。那次之後，我一直避免接近公園。今天可能是因為天還亮，才想著去公園看看。

我在離公園還有一小段距離的地方停下腳步看過去，有幾個小朋友正在沙坑、溜滑梯一帶玩耍。

排水不良的地面上，到處都還殘存著小水窪。我一邊看著水面上倒映的晴空，一邊想起那天晚上突然在下個沒完的雨中出現的他。

於濛濛細雨中出現的身影，給人彷彿可以透視到另一側、隨時模糊消失一般，一種遺世獨立、沒有存在感的印象。

然後，他說了莫名其妙的話。什麼終於找到妳了、對不起我來晚了一類，怎麼想都只能是他認錯人了。

好奇怪的人。雖然不像壞人，但感覺卻既奇妙又不可思議。那人到底是誰——？

「妳好。」

有個聲音忽然在身邊響起。我嚇得渾身一抖，霍地一下朝聲音來源看去。果然，那男孩正站在離我幾步之遙的地方。

「等到妳了。」

他微微側著頭，看上去笑得十分開心。

「咦……？」

我的眼睛睜得老大，直直看著他。男孩突然出現讓我嚇了好大一跳，心臟砰砰狂跳。

或許是心緒不寧的關係，手沒了力氣，手中的書包砰咚一下掉在地上，裡面的物品從書包裡彈出來落了一地。

「啊啊，糟糕。」

他一臉著急地喊著，接著便迅速蹲下身開始收拾，把東西放回包包裡再遞給我。

像被雨打溼一般閃閃發亮的純黑髮絲，蘊含著光芒的白色肌膚，宛如會把人吸進去一般的漆黑眼眸。不可思議的是，白天見到的他，比夜晚見到時更沒有現實感，這一定是因為他好看得就像是故事裡走出來的人一樣，和我完全相反。

我將視線從他耀眼的美貌上移開，咬著脣低頭接過書包。然後硬是擠出一聲微弱的「謝謝」。

「不客氣。」

他用溫柔的聲音回答。我抬眼瞟了瞟，他笑意盈盈的看著我。

「……為什麼……？」

我說不出話，盡了全力還是只擠得出這幾個字。為什麼在這裡呢？或許是知道我想問的是這個，他仍然帶著笑回答。

「因為我想再見妳一面。」

我不由得嘩一下抬起頭，慌忙整理瀏海蓋住胎記的部分。然後緊緊皺著眉抬頭望向他。

「你在、說什麼……？」

「我覺得只要在這裡等，就可以再見到妳。」

「……。」

「我猜總有一天妳會出現，所以每天都會過來。」

咕咚，從自己的喉間，傳來吞口水的聲音。

不是認錯人嗎？那麼，那時候他說「終於見到妳了」，真的是對我說的？明明是第一次見面，為什麼？在漩渦般的疑問中，我有種不太妙的感覺，心跳如擂鼓。

從我們在公園相遇的那天起，已經過了一個月。這期間他每天都在這裡等我，怎麼想都很奇怪。

「……每天？在這裡、等我？那天之後一直……？」

說不定是聽錯了。為了確認，我又問一次，結果他理所當然般地笑著點頭。

「對啊，妳終於來了。能再見到妳，我真的很高興。」

我心中的疑惑和混亂似乎沒有影響到對方。完全被對方牽著鼻子走的彆扭感，讓我的手不自覺地握緊了又鬆開。

「……你，到底是誰？」

「終於找到妳了，我不會再失去妳了。」

有回答等於沒回答，牛頭不對馬嘴的答案。看著他帶著微笑、理所當然的這麼說，讓我的背脊像貼到冰塊上似地發涼。在那個雨夜裡沒感受到的恐怖，一點一點冒出來。

我顫抖著聲音硬擠出「所以」，皺著眉看他。

「你沒認錯人嗎……？不是把我看成其他人了？我真的不知道你是哪位……。」

我想釐清一下現在的狀況，盡可能用嚴肅的語氣說話。我想，這麼一來，他一定會改變主意吧？可他的表情卻沒有絲毫改變。

「就算妳不知道，不過我可是一清二楚。」

怎麼說，我的心情就像是站在推也推不動、敲也敲不動、打也打不動的巨大高牆前，無計可施的旅人。

「我不懂……。」

我無力的低語，垂下頭。而後一個溫柔的聲音落了下來，說「沒關係」。我抬眼看了看他，被他的微笑包圍。

「妳不懂也沒關係。因為我懂、我知道，所以沒關係，妳這樣就好。」

沒希望對方能諒解卻被原諒了，我不知該做何反應。他到底是誰啊？這個人。

「……我要走了。」

我放棄說服對方，微微點個頭致意的同時轉過身要走。別再跟他糾纏下去了，我想。

本來還擔心對方會開口阻止，但他只隨意地笑笑，揮揮手說了句「路上小心」。

滿心警戒的我，感覺就像白痴一樣。

就在我用眼角餘光瞥了他一眼，準備離開的時候，他身著的服裝忽然映入我的眼簾。

和那天相同的模樣，只有白襯衫和牛仔褲。現在還是三月上旬，天氣頗冷，不穿件外套可不行。

已經被我完全封存在記憶深處，那件放在衣櫃裡藍色大衣的影像躍入腦海。對了，我原本打算要是能再見到他的話，得把衣服還給他的。我停下腳步，轉回身。

「那個，大衣……你借我的那一件，我現在去拿，你可以在這邊等我一下嗎？」

劈哩啪啦講完之後，我驚覺不對噤了聲。應該要先道謝才對。

因為不習慣和他人對話，導致沒辦法好好講話的自己真是有夠狼狽。冷靜下來啊……我一邊告訴自己一邊深呼吸。

「……那個，那天謝謝你借我大衣……那個，我那天又冷又不知道該怎麼辦，謝謝你幫了我……。」

聽完我拚命思考、用磕磕絆絆的語調說出的感謝後，他露出笑容。

「不客氣。不過，不用還給我。」

預料之外的答案，讓我不由得「欸？」一下皺起眉頭。

「但是……。」

「送妳。」

「咦……為什麼？」

面對一臉疑惑的我，他稍微想了一下之後，小聲開口。

「紀念……。」

簡短又像是自言自語的回答。

紀念？什麼紀念？就在我猶豫要不要追問的一瞬間，他又說了一次「當紀念」。

「要是妳能把那件外套當成紀念品留著的話，我會很高興的。」

果然搞不懂。跟他相遇之後，我總是滿腦子問號。

不知道他這麼做有什麼好處，難不成是想要騙我嗎？腦中突然冒出這個念頭。

或許是察覺到我的不知所以然與懷疑，他再度微笑開口。

「不想要？很困擾？」

是的，如你所言。我在心底用力點頭，但當然不能說出口。

「與其說不要……不如說不曉得拿了該怎麼辦才好。」

「妳只要收下就可以了。放在櫃子深處、忘記它的存在都可以。只要妳留著它，我就很開心了。」

我已經無話可說，沉默著握緊書包提帶。

「我想送點什麼給妳，即使妳說不需要，也想送給妳。」

這是強迫。話已經跳到喉頭，然後跟著唾液一起吞下去。說了不要還是要送，我不懂這算什麼意思。

「我不能收……怎麼能收陌生人給的東西……。」

聞言，他露出一抹悲傷、寂寞的笑容。接著低下頭停了半晌，沒多久便抬起頭，開口，

「那麼」。

「如果妳不想收禮物，那我們來交換吧。」

那副彷彿在說「我想到好方法啦！」的笑容，讓我皺緊眉頭躲了開去。他的一舉一動都使我混亂不已。

「交換……我沒有帶什麼能給你的東西啊。」

「我不要東西，妳只要告訴我就好。」

他笑著歪歪頭。

「告訴你？什麼……？」

「告訴我妳的名字。」

「名字？」

我第一個念頭是「不要」。把個人資訊告訴一個不管行動或言語都難以理解的怪人，只覺得危險。

但腦中另一個念頭隨即竄出。「呃……你不知道我的名字？」。

我滿臉疑惑。

「不知道。畢竟幾天前我跟妳才第一次見面。」

他一臉無措地回望我。我啞口無言，凝視著眼前的男生。我們倆現在臉上的表情應該都很詭異吧？

說「終於找到我」、在這裡等我等了超過一個月，結果連我叫什麼都不曉得？這麼說我們果然不認識？那，他找我幹嘛？一大堆疑問在我心中如漩渦般翻攪。

但就在我東想西想的時候，心中突然湧上了一絲奇妙的感覺，嘴角也隨之拉出了一個弧度。

「我不懂，你明明連我什麼時候會來都不知道，卻還一直等著一個第一次見面、連名字都不知道的人，為什麼？」

我一邊摀著嘴，拚命忍住笑聲一邊說。

「嗯——這問題很難回答……是因為我一直都這麼做，吧？」

像回答卻又完全沒回答。

到極限了。我終究還是笑了出來。

「等等，我，不行……忍不住了。呵呵，不知道是什麼意思……。」

久違的感覺。到底有多久沒像這樣笑過了呢？記不清了。說不定是有生以來第一次。我一邊想，一邊又呵呵笑出聲。

「原來妳……」

聽到話音，我笑著緩緩抬起頭，一張溫柔的臉龐倏地映入眼簾。

「原來妳……笑起來是這個模樣啊。」

欸？我不由得出聲。他的表情依舊溫柔平靜。

「真的很棒……非常不錯。」

在了解這句話意義的瞬間，我的臉頰唰一下一陣熱，胸膛深處的心臟砰砰跳個不停。不是恐怖，也不只是害羞，而是身體輕飄飄像要飛起來似的悸動。這大概也是有生以來第一次。

我不知該如何是好，反射性的開口說「藤野」。然後深呼吸一口氣，慢慢地說出來。

「藤野千花。我的名字。」

他緩緩眨眼，用一種生澀的感覺喊「ㄑㄧㄢ ㄏㄨㄚ……」。

「怎麼寫呢？」

「寫成一千朵花的，千花。」

我的回答讓他一笑，這次流暢的說出「千花」。而後像是確認發音、仔細咀嚼似的反覆讀著「千花、千花……」。

「好可愛喔。」

被直截了當的這麼說，就算知道從頭到尾指的是名字，我還是因莫名的害羞而低下頭。一邊不安的想自己大概臉紅了吧，一邊小小聲的說「謝謝」。

被其他人說可愛，就算說的只是名字，也是實打實的有生以來第一次。他總是給我一些前所未有的感覺。

「……你的名字呢？」

為了掩飾害羞我開口詢問，他露出笑容。

「我是留生。」

「ㄌㄧㄡˊㄕㄥ？」

「留住生命的，留生。」

我壓抑著自己砰砰狂跳的心，儘管不曉得說這種平常不會說的話是否恰當，還是開了口。

「很棒的名字耶。」

他一瞬間睜大了眼睛，然後笑著說「謝謝」。就像是我們初次見面時，那個發自內心高興似的笑容。

雖然知道我不是個會讓別人想照顧的人，但還是覺察得到心被裹在暖暖喜悅裡的自己。

可就在低頭的當下，倒映在腳邊水窪裡、自己的面容再次出現——一看見那張爬滿醜陋胎記的臉，飄飄然的心情便瞬間止息。

「……那，就這樣吧。」

雖然我知道現在突然停止對話應該有點不自然，但我想不出其他適當的詞語。

不知道會不會讓他覺得不愉快，我不安起來，瞟了瞟他的表情，他報以開朗的笑容。

「不好意思，耽誤妳的時間了。」

意料之外的，他輕易讓了步，我陷入一種既鬆了口氣，又有點失落的個人情緒裡。呼地吐了口氣，就在我再次說「再見」準備要走的時候，想起了重要的事情。

「啊，大衣……。」

我自言自語般的低聲呢喃，抬起頭，他什麼都沒有說，笑著大大的點了頭。

「……那，總之，就先放在我那裡保管了。」

老實說，自己的房間裡放著別人的東西有點煩，不過他的表情實在讓人很難冷酷拒絕，不得已只好先應了下來。

「嗯，麻煩妳了。」

他小小的笑出聲，然後一下子嚴肅認真起來，微微動了動嘴唇。看起來像是在說「抱歉了，謝謝」，但我沒有確切的證據。

我沉默著點頭回禮，看了看再度露出笑容、揮手說「再見，路上小心」的他，離開了公園。通過出入口的車阻後，我一度回頭，看見他仍然溫柔地望著我。我裝作沒注意到心痛的感覺，立刻再度向前走。

和他分別之後，我一如往常的去了圖書館，但一直靜不下心來，完全沒辦法集中精神閱讀或念書，所以乾脆提前結束，踏上歸途。

即便是在回家路上，腦子裡也都想著他的事，腳下像踩在雲朵上般輕飄飄的。

可一到家門口，打開玄關大門的瞬間，夢幻般的心情一下子被拉回到現實。

「喂！飯還沒好嗎!?」

爸爸破口大罵的聲音。媽媽道歉說著對不起的聲音。在我倏地冷靜下來的腦中一角，小小的我嘆口氣說「又來了」。眼前浮現橫七豎八坐在客廳沙發上喝酒的父親，以及害怕不安地站在廚房裡的母親模樣。

今天是爸爸會早回家的日子，似乎是一個月一次的不加班日。根本不需要啊，我在心底想著。其他人可能是把握機會進行興趣活動或陪伴家人，但我爸卻只會浪費時間，早早就開始喝酒喝到醉，在公司工作還比較好。

而且最近爸爸似乎工作很忙，在家裡也一直是憤怒暴躁的狀態，酒喝得比以前多，酒品也更差。然後媽媽也跟著遷怒到我身上，變成這樣一個糟糕至極的惡性循環。

「趕快準備啊！是想讓一家的經濟支柱餓著肚子等到什麼時候？」

「抱歉，今天是打工日，所以回來晚了……。」

面對爸爸不滿的聲音，媽媽用細如蚊蚋的嗓音低聲回答。

「不要找藉口！妳才上幾小時班而已，跟去玩有什麼不一樣？為什麼沒辦法在我回來之前就把晚飯準備好？難不成不過是去打個工，就覺得自己很辛苦了嗎？」

「我不是這個意思……。」

「哈，鬼知道妳什麼意思。」

討人厭的笑聲，還有砰一下有什麼敲在桌子上的聲音。大概是爸爸把菸灰缸丟在桌上吧？只要喝了酒，爸爸的一舉一動就都會變得非常粗暴。

我無法再忍耐，也不想再聽下去，打算趕快上二樓。就在我這麼想的時候，背後傳來開門的聲音。一看，剛好是爸爸紅著一張臉從客廳出來，大概是要去上廁所。

糟了，我怕得要死。若能早個幾秒鐘上樓梯，就不會面對面碰上了。

「千花，妳現在才回來？」

果然被發現了。我就這樣蹲在玄關，回答「剛回來……」。

爸爸一臉不屑的嘆了口大氣，接著耳邊便傳來門被用力關上的聲音。啊啊，我知道，開關被打開了。

「妳好像老是很晚才回來？要去哪裡做什麼都隨便妳，不過妳要搞清楚，萬一被別人發現以後講一些五四三的，受影響的可是我們。」

另一個我在心裡閉上眼睛、堵住耳朵，蜷縮起身體。如此一來，心就會停止呼吸，兜頭灑下的話語也會流走，不會滲進去。慢慢地，便會什麼都感覺不到。我一直都是用這種方式熬過去的。

「妳為什麼這麼差勁？真的是百花的妹妹嗎？百花可是一到家就回房間念書囉？妳姐讀的那間升學學校，裡面全是菁英，考試題目又難，她還能考到全學年前十名，真的讓我很有面子。跟一天到晚只會在外面玩、成績丟人現眼的妳簡直是天壤之別。妳多少也學一下百花吧。算了，妳學不來。」

既然你都知道那還講什麼？儘管我心裡這麼想，可要是真說出口，不被他拿東西砸才怪。所以我一如往常的反覆說著「是，對不起，我知道了，很抱歉」，爸爸嘖了一聲後便往牆壁踹了一腳，發出巨大聲響，心裡的我用力地塞住耳朵。

「講話老是窸窸窣窣的，聽了就不舒服。為什麼妳一天到晚都這副死樣子？明明是親姊妹，結果連個性都跟百花完全相反。」

就在我反射性地想回「對不起」的時候，身後地板突然嘎嘎作響。我嚇得聳起肩往後轉頭，結果就看見爸爸正不屑地瞥了我一眼，臉上掛著嘲諷的笑。

「還有，妳那張臉也是。」

鄙視的眼神如鞭子般，從上到下掃過我的胎記。

「明明百花那麼可愛，妳卻長成這副鬼樣子。虧妳還是女的呢，可憐喔。」

毫不留情，一點同情心都沒有的語氣。我緩緩地眨眼，盡可能不發出聲音的靜靜呼吸。

爸爸再次嘖了一聲，丟下一句「看到妳就煩」。

「算了，去去去。少讓我看到妳那張陰森森的臉，看了就不舒服。」

爸爸惱怒的說完，便用像驅趕流浪狗一樣的動作，用手在我臉前揮來揮去，然後踩著咚咚咚的腳步聲走進廁所。

我輕吐了口氣站起身，擺好脫下的樂福鞋，往樓梯望去。

通往位於盡頭房間的走廊明明點著燈，不知為何看起來卻好黑。這個家似乎總是籠罩在一片昏暗裡。

映在鞋櫃穿衣鏡裡的身影忽然映入眼簾。若是平常，我會立刻別開視線，但回過神來時，我卻正呆呆地盯著鏡中的臉看。像在審視自己究竟幾斤幾兩重似的。

和他見面時，宛如飄在空中羽毛般輕飄飄的心情，在回到家的瞬間完全落到了地上。然後，現在又因直視自己的模樣而咕嘟咕嘟地沉進泥裡。

我就是這樣的人。掩藏自己的氣息，為了盡可能不要破壞周圍氣氛，不管在學校、在家裡都得像隱形人般生活下去。

電影一般的相遇不可能發生在我身上。不管是擁有不可思議魅力的男生突然向我打招呼也好、對我溫柔的微笑也好，我都沒有因此高興的資格。我不可以妄想自己那只配蜷縮在汙泥中的人生會產生任何變化。

我一邊盯著自己醜陋的臉，一邊不停地告訴自己。

# 2 於翻飛的櫻花中

——那一天，妳拚盡一切拯救了我。

時序進入四月。上週入學典禮時正好盛開，宛如祝福新生般妝點著上學道路的櫻花，現在已經開始凋落了。

每年都這樣，真沒勁。

低著頭走路的我雖然看不見頭上盛開的櫻花，不過散落在地上的花瓣被幾百個學生的鞋子踏過，宛如滲透紙屑般貼在柏油路面上的樣子，倒是奇妙地看起來栩栩如生。

在花的殘骸中，我一邊看著我的樂福鞋左右交替的模樣，一邊漫不經心的持續移動腳步，沒多久便到了學校。

一如往常的不和任何人眼神交會，當然也沒有交談，從校門到鞋櫃、連接建築物的走廊，往教室走去。大概是在發呆的關係，我沒多想就往一年級的教室前進，走到一半才慌忙調轉方向，爬上樓梯，往二年級教室並列的二樓移動。

升了一個年級會換班，我既不特別興奮也沒特別不安。第一次造訪的教室也好，陌生的同學也好，新的導師也好，對我來說都無所謂。反正我不會跟任何人說話，一整天都只會低著頭度過，所以與我無關。

我在自己的位置上坐下，整理上課用的書籍資料，然後翻開自己的書。其他的學生們都還因新學期而興奮不已，用比平常還大的音量和動作在周遭交流。和以前一樣，只有我像處在異次元裡。

附近的位置上，有幾個從一年級開始就非常顯眼、屬於班級核心人物的人，聚在一起規劃週末要出去玩。他們的聲音很大，我完全沒辦法專心看書，只得往窗外望去。

窗邊的位置是最好的，要是坐在教室正中央，萬一跟其他人對上眼，連轉移視線都相當困難。

窗外就是操場，再往前可以看見遠處沿著上學路線種植的整排櫻花樹。近瞧純白的花瓣，遠望反而成了淺粉色，總是這麼不可思議。

忽然一陣大風吹過，翻飛的花瓣一齊在空中飄揚。我無意間追著櫻花雪去處的視線，被街道另一頭的綠意吸引。連綿不絕的住家屋頂尾端，是從此處看不見盡頭的廣闊森林。

綠意盎然、林深木茂的那一帶，被稱為「湖之森」，因為森林深處有湖。雖然有刊載在地圖等地方上的正式名稱，但沒聽有人實際使用過。

湖之森的水乾淨到清澈見底，無風的日子，平靜的水面能像鏡子一樣倒映出周圍的景色。此外，它以美麗的湖泊著稱，這附近的地名幾乎都帶了「湖」字，對周圍居民而言是不可或缺的景點。知名度幾乎遍及全國，假日會有許多從外縣市來觀光或拍照的人。

可我也只是聽說而已。即便是有名的觀光景點，不過因為覺得反正不遠，想去的話隨時都可以去，所以反而從未去過。更何況我家也不是會在假日相約一起去欣賞漂亮風景的溫暖家庭，加上我對那座森林的興趣也沒有高到會想自己一個人去探索，所以搞不好終其一生都不會去看湖之森吧？

我一邊看著春天充滿鮮亮綠意的森林，一邊想像沒看過的湖泊，不知道為什麼，忽然想起他的面容。那個既英俊又不可思議的男生。

和他的相遇，是我平淡無變化的日子中無預警到來的意外。就像一顆水滴落在平靜的水面上產生波紋、用黑色畫材塗滿的畫中砰一下滲出白色畫材一般，突如其來的異變。

但是，應該不會再見面了，因為我從那天之後就一直離公園遠遠的。現在彷彿什麼都沒發生似的，再度回到平淡的日常生活。

我可以相信今天絕對不會發生跟昨天不一樣的事，明天也絕對不會出現跟今天不一樣的事。水面會永遠寧靜，畫布會永遠漆黑。

對，這就是我的日常生活。複製貼上的每一天，別人看來或許無聊，但正因如此，心才能不受動搖、安穩地度過。

這樣就好，這樣就好。在學校為了不被別人注意而降低存在感，回到家也為了不惹爸媽生氣而屏息躲藏，什麼都不要想，只要重複同樣的生活就可以了。沒有比這更愉快的事。

我好不容易悟得的道理，儘管一度曾因那個突然出現、不可思議的男生而崩毀，但如今終於恢復正常。

這時候鐘響了，滿腦子想東想西的我，一下子回過神來。導師一邊說「朝會開始囉」一邊走進教室。

我闔上手中的書收進抽屜，依舊低著頭，身體重新轉回前方，循班級委員的口令道早安。

等待宣布聯絡事項時，不知為何，老師突然離開教室往走廊移動。我感覺得出來班上所有人都一臉疑惑的望向門口，儘管十分在意老師奇怪的舉動，但要是抬起頭，臉上的胎記就會引人注意，所以只得和平常一樣眼神朝下。

沒多久便回到教室的老師，再次站在講桌前開口。

「因為有些狀況，所以晚了一週，這位是今天成為我們同學的染川留生。」

是聽過的名字，我不由得霍一下抬起頭。然後在下個瞬間，注意到站在黑板前露出微笑的男學生身影，反常地一不小心「欸」出聲。

「我是染川留生，請多多指教。」

彬彬有禮鞠躬介紹自己的，就是那個人。然後，笑著抬起頭後的那雙眼，直直地往我的方向看過來。

「他二年級才轉過來，所以關於課本、換教室這些事，就要麻煩坐附近的人教他一下。」

我有生以來第一次體驗到這種驚訝到合不攏嘴的情況。

「妳好。」

就在導師離開教室的同時，刻意跑來坐在我鄰座的他笑著和我搭話。

雖然我還搞不清楚狀況、處於混亂狀態，但也不能無視他，只好稍微轉個頭回答。

「……你好。」

至今在學校我都過著幾乎不開口的生活，所以覺得在教室裡出聲的自己非常奇怪。

他像是沒注意到我不舒服的樣子，堆著滿面的笑點點頭，然後一臉安心的說「太好了」。是對什麼感到安心呢？在我覺得不可思議時，他笑著繼續說。

「果然是這所學校，太好了。而且可以跟妳同班，運氣真好。」

我嚇得張大眼睛。「果然是這所學校」的意思，是指我就讀的東高嗎？跟他第二次見面時，我的確穿著制服外套，所以只要認得制服，應該就能輕易知道學校名稱。儘管覺得不至於，可他該不會是因為我在這裡所以才轉來的吧？

當各種臆測瘋狂閃過我的腦海時，他燦爛一笑看著我。

「妳覺得，我是跟蹤狂？」

與沉重的用詞相反，男孩的語氣宛如羽毛般輕鬆。

「……有點。」

我被他輕鬆的語氣誘導，不由得說出心中真正的想法，他聽完之後像覺得很好玩似的笑了。我是第一次聽他笑出聲音。在彷若夜空一般純黑的眼睛裡，今天也有星星在閃爍。

看著他的臉，我不禁一愣。剛剛自己的想法有夠愚蠢，簡直是自我意識過剩。

覺得他是為了和我這種人相遇才刻意轉學，也太厚顏無恥了吧？他一定是本來就要轉到我們學校來，看到我穿著東高的外套，所以想「說不定是同間學校」。然後看到我在這裡，所以想「果然如此」。或許，第一次見面時他說的那句話，也是「終於找到讀同高中的人」的意思也未可知。這樣的話一切就說得通了，一定是這樣沒錯。

我動搖的心漸漸穩定下來。然後或許是心情比較放鬆了吧，我忽然注意到周圍的動向，來自準備要上第一節課的同班同學看過來的目光。我第一次意識到其他人的視線，像細細的針從四面八方投射過來一般，背脊唰一下發寒。

我立刻重新轉回前方。別再跟我說話了，我一邊朝鄰座傳遞無聲的訊息一邊低下頭。

然後，坐在他前座、名叫吉野的男同學轉身向後，開始悄悄壓低聲音說話。

「那個啊，染川，剛轉來就這樣真抱歉。藤野同學……啊，就你旁邊的女生，她就那樣，沒用的啦，跟她說話只是白搭而已。」

雖然壓低了聲音，但我只有這種時候變得特別敏感的耳朵，還是清清楚楚地聽見他說的話。

我並不覺得受傷。畢竟早就預料到，班上會有人像這樣背地講我壞話。更何況這本來就是我自己塑造出來的形象。入學以來超過一年，我完全不跟任何人對話，主動斷絕一切關係，因此被人這麼說也是理所當然的。吉野同學也是出於關心，才會開口提醒染川同學。

不過，儘管知道是自己的問題，但以這種始料未及的方式面對周圍對我的評價，意外的還是有點震驚。

我低著頭咬住脣，手在桌子底下握緊，等待心情平復下來。
可下一個瞬間，我聽見呵呵的輕笑聲傳來。
「對我來說，絕對不是白搭。」
就只有這麼一句話。即使如此，光是短短的一句話，我的心就微妙的提了起來。
就在我無意識地看向鄰座時，宣告上課的鈴聲響起，我慌忙重新轉回前方。

「吶吶，染川同學！你是從哪間學校轉來的啊？」
下課時間開始的同時，比較外向的同學們逐漸聚攏到他那邊。
對於為了不被人看見而安靜度日的我而言，旁邊有十幾個人在的狀況，就算知道沒有人在看我，還是相當緊張。儘管想過假裝去廁所，離開現場直到第二節課開始，可又覺得一動反而會引人注意，因此只能像平常一樣，低著頭看自己的書。
面對同學們接連提出的問題，他一點也沒有露出不耐的神色，有禮的一一回答。
「我以前讀北高。」
這個回答讓我嚇一大跳。是姐姐讀的學校。入學考的偏差值超過七十，每年都會出幾十個東大生的縣內第一明星高中。此外，我所就讀的東高，是升學老師會用自豪的語氣說「幾年前有一個超優秀學生奇蹟般考上東大」的程度。兩者差距顯而易見。

「咦——真的嗎!?北高!?」

「厲害欸——超強的升學學校欸！」

他周圍的人一起發出驚嘆的聲音。顯然對眼前這個「謎一般的轉學生」更有興趣了。

「但是，北高應該在湖之森的另外一頭吧？確實是有點遠，不過應該不是無法通勤的距離才對？」

「而且，你不是從外縣市搬來的吧？」

「好不容易考進北高，轉學太可惜了。我們這只是間二流學校，你為什麼會轉來呀？」

這也是我的疑問。

北高是無可挑剔的名校。上個月的法會上，親戚久違地聚在一起時，爸爸也自豪的介紹「大的百花讀北高」，叔叔阿姨們聞言都「好厲害、真棒」的讚美著。之後說「小的千花一點用都沒有，只能讀東高」時，那微妙的反應和介紹姐姐時截然不同。

明明學校優劣差那麼多，我不知道特意從北高轉到東高有什麼意義。一點效益都沒有。

很在意他會如何回答，我從書裡稍微抬起頭，偷偷窺視著鄰座的情況。他露出一如往常的平靜笑容。

「我想做的事情只有在這裡能進行，所以三月才考了轉學考。」

直截了當的回答，讓大家疑惑起來。

「想做的事情是指社團活動嗎？有想加入的社團嗎？」
他搖搖頭說「不是，我不參加社團」。
「欸——那為什麼，學業？有想接受他指導的老師一類的？」
「不是。我沒那麼喜歡念書。」
「那，是為了什麼啊？」
「唔——嗯……祕密。」
他呵呵笑著的回答讓眾人為之傻眼，便換了問題。
「那，你的興趣是什麼？」
「興趣？沒什麼特別的。」
「這樣啊，那，喜歡的歌手是？」
「抱歉，我不聽音樂，所以不是很清楚。」
「呃……喜歡的電視節目呢？」
「我不看電視，所以……。」
「……喜歡的食物？」
「唔——嗯……能成為身體能量的話什麼都……。」
即便他對任何問題都微笑以對，但回答顯然不正常。大家似乎開始發現這一點，突然因轉學生而高昂的氣氛也逐漸冷卻下來。

「那個——你平常玩什麼啊？」

有人小聲的問，他一如預期的回答「沒什麼特別在玩的」。

「這樣……呃，你假日都在做些什麼？」

他微微歪頭想了想，說了一句。

「找東西……。」

又是莫名其妙的答案，周圍的氣氛明顯僵住。大概是覺得再問下去也是徒勞無功，圍著他的人牆一點一點瓦解。

其中留到最後的吉野同學露出大大的笑容，拍拍他的肩。

「吶，難得同班，來交換聯絡方式吧！」

大概是出於善意的提議，也被果斷拒絕。

「抱歉，我沒有手機。」

「……啊——這樣。那，就沒辦法了啊。」

吉野同學繃著假笑，揮揮手離座說「我去廁所」。

他周圍一個人都沒有了。明明剛才大家還都圍著他、一片熱鬧，現在截然不同。

擔心他覺得受傷，我瞟了他幾眼，沒想到他立刻回望我，露出了笑容。我害怕在大家面前被搭話，便慌慌張張重新面向前方。

「唉……好累……。」

走在回家路上，我不像自己的自言自語起來。明明平常絕不會做這種顯眼的事。但是現在非常、非常的疲倦。

當然是因為他。由於人就坐在我隔壁，因此幾乎每到下課時間便會來找我說話。他找我說話我也不能無視，就逐一回答他的問題，可平日向來都不開口的我，忽然一下在公開場合和人正常談話，真的很尷尬又不自在。在意同學時不時因好奇投來的目光，我一邊跟他說話，一邊不由得注意著四周，真的好累。

連回家前的班會結束時，他都立刻轉過來，一副要跟我說話的樣子。就在我滿腦子想著要做點什麼來度過這一關的時候，突然有好幾個其他班的女生往他那裡去。就像是聽了才一天便傳遍整個年級，「雖然彬彬有禮卻有點怪的轉學生傳說」後跑過來似的。

趁著他被那些毫無顧忌積極湊上來的女孩圍住、動彈不得的空檔，我逃難似的離開教室。

「明天起，該怎麼辦啊……？」

接下來每一天，他都會坐在我隔壁，動不動就跟我有所接觸。儘管不是不想跟他說話，但希望不要在學校裡。我不想太顯眼。明明原本打算一路低調到畢業的。要是跟像他那種光站著就會引人注意的人來往，連我都會受矚目。

我唉聲嘆氣，心情沉重。

為了平復不安的心情，我想做之前一直在做的事。就在我想早點去圖書館而快步前行，好不容易抵達圖書館入口的時候。

「千花。」

忽然有人叫我的名字，我嚇了一大跳，心驚膽戰的轉過頭，就如我料想到的那樣，他站在圖書館前的公車站旁。

「雖然才見過，又見面了。」

身後櫻樹落花紛飛，他佇立於繽紛落櫻當中，平靜的微笑。和我完全相反的溫柔表情。

「抱歉有點匆忙，因為有想跟妳說的事情。能見到面真是太好了。」

因不知該如何回答而瞬間啞口無言的我，緩緩開口。

「你不會……是跟在我後面來的吧？」

雖然覺得很沒禮貌，但我實在忍不住，直截了當的問出口。聞言，他覺得有趣似的肩膀震動，笑了起來。

「怎麼可能？這麼做就真的變成跟蹤狂了。」

「……。」

我覺得你已經差不多是了，可這話果然說不出口。

如果不是跟在我後面來的，那為什麼會知道我在這裡呢？我改口問了這個，他輕笑回答。

「因為上次我在公園撿妳掉下來的東西時，裡頭有貼這座圖書館標籤的書。我想說不定妳會來這裡，就來看看。幸好猜中了。」

也就是說，是為了要見我才特意到這裡來的。幾乎是無意識的，字句從脣間滑落。

「……為什麼？」

來見我？我原本想這麼問，最後還是縮了回去。那是我需要莫大勇氣才能說出口的話。而且，我實在無法相信，像他這樣的人會特意來找我。

想到這裡，我才驚覺自己居然覺得「他是來找我的」。也太自我膨脹了。而且事實說不定完全相反啊？我重新思考。與其說他對我這種人抱持好感，不如說懷有惡意的可能性還更高一點。說不定由於某種原因，他對我心懷怨恨，因此為了報仇才來找我。這還比較現實。

儘管是經過冷靜思考得出的結論，可從他宛如黑曜石般的眼眸中，我絲毫感受不到憎恨或嫌惡一類的感情。

果然搞不懂。他到底在想什麼呀？

「為什麼……你……？」

在我想問出腦中一團亂麻的疑問，不由得小聲開口時，他忽然歪著頭、垂下眼簾看著我。

面對他那既傷感又寂寞的笑容，我心中一緊。

「吶，千花。」

他帶著淺淺的微笑，緩緩地說。他剛剛也是這樣喊我，但我是第一次被家人以外的人像這樣直呼名字，心小小聲的砰砰響。

「千花記得，我的名字嗎？」

出乎意料的問句，讓我睜大了眼睛。

「欸？嗯、嗯……。」

我一陣尷尬害羞，回話回得含糊不清。見我心神不寧，他滿臉懷疑地望了過來。

「真的？妳沒忘記？」

我波浪鼓似的搖頭。

「怎麼會啊……而且早上也聽過你自我介紹。」

上個月於公園再次相遇，他告訴我他的名字時，我就記住了。那麼令人印象深刻的狀況，要忘也不容易吧？

「染川、留生、同學……對不對？」

在我顫著低啞的聲音回答後，他瞬間睜大眼睛，臉上的陰霾也立刻消失。

「……太好了。」

他發自內心鬆了口氣似的點點頭，輕聲低語。

「感覺妳一直不願喊我的名字，所以才想妳大概不記得了。」

我只是害羞。對於不和人接觸的我而言，連喊出某個人的名字都需要莫大的勇氣。

「怎麼說，對不起……。」

儘管不是有意的，但我的舉動還是讓別人感到不舒服。總之先道歉吧。

「那，妳喊我名字當賠禮如何？」

他突然這麼要求，眼神意外地認真，溼潤眼眸的正中央，清楚地倒映著我的身影。

「我希望千花妳能喊我的名字。」

留生一臉嚴肅地開口，語氣像要宣布重要事情般莊重。

儘管害羞困窘到不行，可即便不知道理由或真正的原因，我想，也絕對不能當成沒看見。

所以我下定決心，輕輕開口。

「留生，同學。」

我的心臟幾乎要從嘴裡跳出來。喊別人的名字，是會讓人這麼緊張的事嗎？

在我抬眼觀察他的表情時，他宛如星空一般的眼睛緩緩眨了眨，直直地回望我。

「不用加『同學』。」

風吹過頭上的櫻花樹枝，我們被櫻花雪包圍，視野裡全是淡淡的淺紅色。他看向我的視線也因此稍有遮蔽，總覺得沒這麼緊張了。

我深吸一口氣，用乾澀的喉嚨發出聲音。

「──留生。」

那瞬間，不知道為何眼眶突然一熱，滲出淚水。明明不覺得痛或難過，為什麼會想哭呢？

就在我對自己的感情突然產生的變化而疑惑不已時，他忽然「呵呵」的笑出來。明明在笑，卻露出宛如哭泣般、不可思議的表情。

「謝謝。」

他直視著我，像說給自己聽似的低語。

為什麼只是喊個名字，就要跟我道謝？不可思議。但是，看到他的臉，我已經什麼都說不出口了。

「那，我該走了，抱歉攔住妳。」

他的話，讓我終於想起這是圖書館門口，我本來要走進去的。

「回家時要小心。我其實是想送妳回家的，不過因為才剛轉學過來，所以有些資料老師非讓我今天填完不可，抱歉。」

「不用了……。」

送我回家，這種把我當成普通女孩一樣對待的話語，讓我嚇了一跳。反射性的搖頭擺手回應後，突然覺得哪裡不對勁。

「咦，等等，你現在要回學校？」

「嗯，沒錯。」

他回我一臉像在說「怎麼了」的表情，我啞口無言。

明明學校裡還有事要做，還特意為了跟我說話離開學校，跑到圖書館來。為什麼要做到這個地步？腦中雖然充滿不解和疑惑，可也無法好好地用言語表達，只能保持沉默。

「千花，明天見。」

他笑著朝我揮揮手。

儘管煩惱著不知該如何是好，還是鼓起勇氣試著揮手回應。因為不習慣所以笨手笨腳，害羞不已。不過害羞之餘，我依舊硬擠出勇氣開口。

「嗯，明天見……留生。」

說出口的瞬間，我的臉唰一下漲紅，慌慌忙忙轉過身。怎麼樣都擠不出回頭確認對方表情的勇氣。

和他道別之後，我走進圖書館，坐在平常坐的位置上。

不管是打開一般的書籍也好、打開教科書也好，都完全沒辦法專心，時間就這樣一點一滴地在發呆的狀況下流逝。

「幹什麼啊我……。」

在心裡小聲地自言自語，我抬起眼望向窗外，一邊看著太陽逐漸西沉的天空，一邊只用唇型低語著「留生」。就算本人並不在眼前，還是害羞得像發了燒似的。

我向來都是能不叫人就不叫人，如果我喊人家名字時對方沒注意到的話該怎麼辦？如果讓人不高興呢？連回頭都不願意呢？被無視呢？

這種恐懼牢牢盤踞在腦海中，連家人我都沒辦法主動去喊，覺得他們不耐煩的表情很可怕。所以只會等著別人找我說話，要是有人叫我就回應。要是沒人找我說話，我可以好幾個小時一個人沉默不語。

但是，他——留生不一樣。他跟我說，希望我喊他的名字。光是喊他的名字，他就像發自內心般開心地笑。因此我才能鼓起勇氣，主動開口。被他要求時，我才第一次知道，我知道怎麼喊其他人。

我再次試著低語，留生。就像在雲朵上似的，心裡有股輕飄飄的感覺。

「早安，千花。」

第二天早上，當我一如往常低著頭走進教室坐在位子上時，已經到校的留生很快地便來找我說話。

就算事先已預料到這點，我的心臟還是不由得抽了一下。他的聲音並不大，四周又到處都是趁晨間自由時光聊天的學生聲音，一片嘈雜，所以大概沒人聽見，可我還是不習慣在大家眼前跟別人攀談。

我用只有他聽得見的音量回「早安」，然後一邊低著頭把教科書拿出書包，一邊小聲地開口。「在學校裡希望你能盡量別跟我說話……我不想被別人聽見。」

說完後，我往旁邊瞟了瞟，留生雖然一臉覺得不可思議的歪著頭，但還是點點頭回了句「我知道了」。

「既然千花這麼說，那就這麼做。」

就像他答應的一樣，即便是到了下課時間，他也沒像昨天那樣找我攀談。之前圍著他的同學，今天也只是遠遠看著，因此周圍沒有任何人靠近，我心裡鬆了一口氣。

這麼一來，應該可以一如往常地過著毫無存在感的學校生活才對。

可這個想法並未維持太久。一到放學時間，留生便站到我身旁小聲地說。

「千花，一起回家吧。」

原本打算今天也跟昨天一樣，等老師宣布下課就直接離開教室，結果卻連這點空檔都沒有。

以前從來沒人跟我說過「一起回家吧」。我心裡七上八下，全身僵硬。留生當我同意了，笑著對我說「真高興」。事到如今，已經沒辦法對著這麼直爽的笑容說「不要」了。雖然想問「為什麼？」，但再有更多對話的話可能會引人注意，不得已，我只好默默跟在先一步走出去的留生身後。

應該是記得我早上的請求，出了教室，他也沒有主動跟我攀談。但我連想都沒想過會跟他一起放學回家，非常慌亂。不會是因為我說「不要在學校跟我搭話」，所以他才想放學之後聊吧？

可是，不管我再怎麼不去注意周圍的目光，跟一個才剛認識不久的男生一起放學回家，我完全不知道該怎麼做。知道不能一直沉默不語、得說點什麼，但我不覺得自己可以好好回應。

我本來就是連跟人肩並肩一起走都不會的人。

就在我一邊煩惱著好困擾、該怎麼辦，一邊往鞋櫃走的途中，身後傳來一個聲音說「藤野，妳來一下」。回頭一看，世界史老師正對我招手。

「之前的小考妳不及格喔，現在到準備室來再考一次。」

「啊……是。」

我回話後轉到留生那邊，他對我燦然一笑。「那，我等妳考完。」一臉理所當然的開口。我原本猜想他一定會講「那我今天先回去了」，期待落空。

沒轍。就在我在心裡嘆氣時，老師一邊賊笑一邊看著留生說。

「什麼呀，染川，你已經交到女朋友啦。不是才剛轉來嗎，很厲害嘛。」

這個瞬間，我滿心的羞恥與憤怒。為什麼中年男人會這麼低俗？馬上就揶揄年輕人，是覺得彼此的距離會因此縮短嗎？是沒辦法想像被揶揄的我會有多尷尬嗎？真是受夠了。

但是，和尷尬到快要燒起來的我相反，留生爽朗一笑說「哪裡哪裡」。

大概是他回得太泰然自若，老師像一下不知道該回什麼似的，張了張嘴之後開口。「啊，這樣啊，那祝永遠幸福囉。」

講完就離開了。留生鞠躬說「謝謝」之後，看看周圍沒有人，對著我笑了。

「好棒的話喔。」

留生突然尋求我的認同，不安的我只能「欸？」的反問。然後留生繼續說。

「所謂的永遠幸福，就是希望妳無論何時都能幸福的意思，是非常棒的祝福語啊。」

突然聽到了個想都沒想過的答案，我不知該如何回話，只能「啊，嗯」地胡亂應個聲，但留生顯然一點都不在意。

「那麼，我在這裡等妳，待會見。」

他笑著這麼說。已經完全被他牽著鼻子走的我，明明不開心，但不知為何卻回了句「謝謝」。

滿臉堆笑的留生揮揮手送我走，我就這樣帶著滿心疑惑、不知如何是好地跟著老師，往準備室走去。

十五分鐘後考試結束，我要回去留生那邊的時候，微妙地開始心神不寧、無法冷靜。去一個有人在等我的地方，對我來說是非常陌生的事。所以越接近留生，心跳也壓抑不住的越發加速。

再拐個彎，就能抵達留生所在之處。此時傳來一道高亢的聲音，伴隨著「是喔——？」的問句。聲音的主人，是同班一個叫城田的女孩。我當然沒跟她說過話，不過一聽就知道是她。我和她一年級就同班，她跟所謂一軍的耀眼男女組了個小團體，老是吵吵嚷嚷的，所以她的聲音我記得很清楚。

「你說等人，是等誰啊？」
她繼續發問。
「我在等千花。」
回答的是留生的聲音。我的心臟砰砰跳動。
「欸——千花？藤野千花？」
「嗯。」
他平靜的回答，引發一陣「哇～～」的聲音。平常跟在城田同學身邊的那幾個女孩子似乎也在。
胸中一股騷動，只有討厭的預感。在國中、在家時都早已經歷過無數次不小心聽見自己成為他人談資的狀況。就我的經驗，都不是好話。
雖然我明白一切都是自作自受，可知道歸知道，聽到別人說自己閒話，感覺總歸不太愉快。
我不由得停下腳步、動彈不得，仔細聆聽。明明知道很可怕，但還是止不住好奇心。
「我是很不想這樣講啦……。」
城田同學開始壓低聲音說話。即便像在說悄悄話，不過由於她聲音本來就大，因此連我這個位置都能聽得清清楚楚。

「藤野那個人相當不合群，她跟誰都不說話喔。」

儘管聽起來是想揭露什麼祕密的語氣，但經過昨天、今天兩天，我想留生已經明白我在團體裡的地位了。畢竟他就坐在我旁邊。

「我想染川同學你才剛來還不知道，可她真的很怪。說陰沉是有點那個啦，但總之並不普通。」

「對啊對啊，她只有上課被點到名才會出聲，有夠謎的。而且還老是低著頭，感覺就是不希望別人跟她搭話。」

「染川同學，你昨天好像也試著跟她說了幾次話，是不是都沒回應，對吧？」

「就是因為她那樣，所以班上同學才都不理她。」

「染川同學也是，就算坐在她隔壁，也不用硬要跟她當朋友。跟她在一起一定很無聊。」

「可是……」留生的聲音打斷了眾人開始熱烈講我壞話的聲音。「我不覺得無聊。」

我屏住氣息。她們好像也一時語塞。過了半晌後，城田同學小聲的說「這樣啊」，接著似乎便一起離開了現場。

聽到她們的腳步聲離我越來越近，我慌忙地躲到安全門的陰影處。

「染川同學也好怪——。」

「虧他長得那麼帥，真浪費。」

「算啦，怪人同盟還滿適合的不是？」

「我懂，搞不好唷？」

她們一邊開心的嘎嘎笑著，一邊回教室。

我屏住氣息，稍微拖了一點時間之後才出現在留生眼前。

思考著這時候應該說什麼才好，判斷「久等了」是最適合的便說了出口，但一說完就後悔不已。這是什麼自以為是的話啊，不是我這種人可以說的，真希望時光倒流。

在我害羞得低下頭時，忽然「再考一次辛苦了」的聲音落了下來。我嚇了一跳抬起頭，留生看起來並不在意我說「久等了」這種自以為偉大的話，發自內心地開心似的笑了。

「歡迎回來，千花，我一直在等妳。」

歡迎回來，我在等妳。這些話滲進耳膜的瞬間，胸口一陣暖暖的。

已經多久沒聽到別人對我說「歡迎回來」了呢？連家人都不太會這樣迎接我。而「我一直在等妳」這句話，更是有生以來頭一次享受到的待遇。

「來，回去吧。」

臉頰倏地發燙。明明剛才在教室也聽過同樣的語句，現在卻害羞到不可置信，內心高興不已。

「……嗯。」

和平常不一樣，我直率地點頭。留生輕笑出聲，邁開步伐。看著他的背影，一種無法言喻的感覺湧上心頭。癢癢的、害羞的感覺。跟直到剛剛都覺得和他一起放學回家「心情沉重」的自己，簡直判若兩人。

並肩換鞋，一起往校門口走去。我第一次有這種經驗，既害羞又緊張，一句話都說不出來。這麼沉默好嗎？雖然覺得不安，但瞟了瞟身邊，留生似乎完全不在意，只一臉溫柔地緩緩前行。

我不擅長炒熱氣氛，覺得自己真的很沒用。剛剛同班女生說「跟這人在一起一定很無聊」的話，一直在我腦海盤桓。

「……吶，留生。」

聽到我喊他，留生很平常的回頭。「嗯？」。

那讓人安心的感覺，使我不由得老實的問出口。

「為什麼，你會想跟我一起回家？」

留生睜圓了眼睛直直看著我。然後微微歪頭，低語般輕輕地說。

「因為，已經沒有什麼時間了……。」

我無法理解這個答案的意思，反問「你指什麼？」，但留生只是曖昧不清的微笑，沒有進一步回答。儘管覺得訝異，可那既不是需要特地追問的問題，我也覺得自己沒這個權力，所以就噤了聲。

「我沒辦法說得太詳細……不過，時間一天天流逝，所以我希望跟千花的感情能盡可能變好。」

感情好，又是個沒人跟我說過的詞彙，我啞口無言。

如果那是漫畫中由帥氣男主角對可愛女主角說的台詞，聽起來一定會相當甜蜜，讓人心動不已。不過，我倒是一點心跳加速的感覺都沒有。畢竟自己沒這種資格，要是擅自覺得高興的話也太不要臉了。我只是覺得不可思議，為什麼他會想跟我這種人打交道？

「我想讓妳信任我，想和妳培養感情。」

無法理解。留生為什麼總是會說出一些語意不清的字句呢？就在我僵著一張臉，抬頭望向他時，他像覺得好玩似的輕笑出聲。

「妳頭上出現好大的問號喔。」

他捂嘴忍笑說完，接著露出溫和的微笑，繼續說道。

「千花不知道也沒關係，因為我全都明白。」

他看了看還呆楞在原地的我，說「來，走吧」，邁開腳步。

我們兩人一起走在通往車站的路上。除了學校遠足一類的活動外，這是我第一次跟人並肩而行，因此感覺得到自己的動作相當笨拙。

越接近車站，人潮就越密集。同樣的制服、不同的制服、襯衫、便服、工作服，到處都充斥著身穿各式各樣衣服的人們。

我和留生走在人群當中，時不時感覺到擦肩而過的人射過來的視線。大家通常是先看留生，緊接著又因我的胎記而一臉驚訝，然後目光輪流在我們身上梭巡。大概是覺得「這兩個人不配」吧？也有人像是不小心看到不該看的東西一般，連忙轉過頭。

在幾乎蓋掉我半張臉的胎記上，披散著掩飾用的頭髮（國小、國中時常被人背地說「像鬼一樣」），不過到頭來還是隱藏不住。讓人看著不舒服也是當然的。

但我最討厭的，是因為和我這種人走在一起，害留生也被奇怪的目光審視。感覺一堆人的臉上都寫著疑問「跟這種醜女走在一起，那個男生腦袋是不是有問題啊」？

在思考這些事情的過程中，極度的不自在讓我出聲。「那個……」

留生「嗯？」的轉過頭來。

「我想起等下在車站那邊還有事，我們在這……」

在我要說出道別吧之前，他點點頭說「這樣呀」。

「那，我也一起去。」

我沒想到他會這樣回，「欸」地發出奇怪的聲音。

「不不，沒關係，這樣我也不好意思。」
「不用不好意思，我跟妳去。」
「但是……。」
「沒關係，沒關係。我只是想了解妳，想跟妳在一起，所以才硬要跟著妳。千花不用在意我，做妳自己想做的事就好。」
「……。」
從剛剛開始就接連不斷撲面而來，光看字面感覺相當甜蜜的詞句，已經完全超過我能理解的範疇，腦子暈暈的。為什麼會跟一個才認識沒多久，不過就是個同班同學的我說「想在一起」這種話呢？
不過無論如何，儘管他的語氣十分輕鬆，但卻沒有撒謊或揶揄的感覺，只讓我感受到認真，所以我不管怎麼樣都無法拒絕，只小小聲的回了一聲「好」。
我帶著留生走進車站大樓裡的書店，買了一本才剛出版的小說。他就只是沉默地跟在我身後，也沒物色其他的書。在同學們提問的時候，他說他沒什麼興趣，也不看電視，可連漫畫或雜誌都完全不看的樣子。
之後，最終如留生所說，他送我到家附近。我站在大門前回頭跟他揮手時，他還站在我們分別的地方。對上視線時，他笑著朝我揮手，但在這之前，他有點奇怪的用一種可說是認真、嚴肅的目光看著我家。

太奇怪了。基本上不會有人對我感興趣，更何況我和留生也才剛認識不久。即使如此，為什麼他——？越想越是一堆搞不清楚的事。

我深深嘆了口氣，打開玄關大門的瞬間，眼神釘在陌生的鞋子上。黑色的皮鞋，以及紅色的高跟鞋。應該不是爸媽的東西。

一股不祥的預感襲來，我輕手輕腳站到玄關上時，家裡傳來一陣和樂融融的笑聲。平常客廳完全不會有人談天說笑，只有爸爸喝醉時的怒罵，還有媽媽不愉快的斥責聲。姐姐在家只會說必要的、最低限度的話。可現在既然聽得見笑聲，表示有客人來了。

糟了，我一陣後悔。明明有客人來的時候，為了不跟對方打照面，我總是很晚才回家，但拜今天連著都是預定以外的事所賜，才傍晚我就回來了。

來的是親戚，還是媽媽的朋友？不管是誰，我都不想見。

為了不讓人發現，我放輕腳步往樓梯走去。但在通過開著的客廳門旁時不小心踩響地板。裡頭傳來「啊，千花」的高亢聲音，我看過去，是帶著非比尋常開朗笑容的媽媽。非常在意他人眼光的媽媽，有外人在時，就算是面對我，笑容也絕對不會崩壞。

「歡迎回來，千花。今天高野的大哥他們來了喔。說是明天在這附近有朋友的結婚典禮，去飯店的途中特意到我們這裡來拜訪。吶，妳也來這邊打個招呼。」

被平常想都不敢想的溫柔語氣呼喚，我硬著頭皮走進去。

高野的伯父是爸爸最大的哥哥。住在外縣市，所以幾乎碰不到面。我不知道應該說什麼好，覺得心情沉重。

「……您好。」

總之先低頭鞠躬，此時伯母笑著回應我的問好。

「妳好，千花。好久不見了呀，有五年了吧。」

「啊……是的，或許吧。」

伯父豪爽的笑著說「已經這麼久啦」。

「長好大了呀。之前見到妳的時候，還這麼小一個呢。」

伯父一邊哈哈笑著，一邊彎下腰，手停在沙發腳附近的高度時，伯母也呵呵笑了。

「不是啦，你啊，這樣是嬰兒吧。」

「哈哈，說得也是。」

媽媽覺得好玩的笑著說「大哥真是一點沒變」。我也得笑，拚命的做出表情，但卻能感覺到自己的臉頰十分僵硬。

伯父是個開朗的人，見面時總是會像現在這樣開玩笑。雖然覺得他是個好人，可他說的笑話實在不怎麼好笑，要配合著笑很辛苦。

大概是發現我的笨拙，媽媽跟我說「千花，去洗手」。雖然臉上還是端著笑，不過眼睛裡毫無笑意，看懂媽媽暗示我「親切一點」我小聲回答好，跟伯父他們點了個頭，離開客廳。

就在我打算關上門，反手握住門把時，背後傳來伯母小聲說「好可憐喔」的聲音。我不由得停下動作。

「千花的胎記果然沒變。」

看來是在跟媽媽說話。為了不讓我聽到而貼心的壓低聲音，卻還是清楚的傳到我耳裡。

「本來想說長大了胎記應該會變淺或變小，結果沒有。」

「對啊，一個女孩子這樣也滿可憐的。之後大概也嫁不出去吧？最近聽說有孤獨死這種恐怖的詞，真令人擔心。」

我的臉唰一下發燙。不知道那些人在想什麼，老是這麼自私自利。反正是別人的事情，所以可以像這樣隨便說嗎？有夠粗神經。

「帶去醫院看看怎麼樣？現在應該可以移植皮膚什麼的吧？」

「不，去醫院的話……覺得被當成珍禽異獸似的也很可憐，所以幾乎都沒有……。」

是媽媽的聲音。我心中波浪般起伏。雖然嘴上說被當成珍禽異獸很可憐，但我知道媽媽對我只有嫌棄，不想帶長了醜陋胎記的女兒出門。證據就是從小媽媽出門買東西的時候，永遠只帶姐姐。

「說得也是。一個女孩子臉上有那麼明顯的胎記，被一直盯著看也很可憐啊。」

「對啊，真的很慘。就沒有辦法了嗎？」

「明明百花長得像娃娃一樣漂亮，為什麼只有千花變成這樣？」

「姊妹倆差太多真的很殘忍。幸好我們家的兩個長得很像，哈哈哈。」

「呵呵呵，就是說嘛。」

我盡可能不發出聲音的緩緩的關上門，就這樣上了樓。已經不想再接近那個空間了。

就這樣回到房間、蜷縮在床上，不多久，就聽到客廳門打開的聲音和在玄關說話的聲音。應該是伯父他們回去了。

我還沒有洗手，總之想先去趟洗手間，窺探一下樓下的動靜，算準他們離開玄關的時間下樓。

確認母親在廚房，我走進廁所。沒多久，玄關的大門打開了。不知道是不是伯父他們去而復返，我偷偷瞥了一眼，是姐姐。

她脫了鞋，就這樣走進客廳。大概是把空的便當盒交給母親吧。

「有人來啊？」

姐姐的聲音傳來。媽媽「嗯嗯」的回答。

「高野的伯父他們來了。」

「喔。」

「他們沒事先聯絡，突然就跑來，真令人困擾。沒打掃，也沒有茶水點心。而且是晚餐時間喔，我打工回來正忙的時候。真是的，是不知道這樣會給人添麻煩嗎？他們跟以前一樣粗神經。」

明明剛才還笑盈盈的對應，想到她心裡的真心話是這樣，讓我覺得有點寒心。

我打開水龍頭，細細的水流出，我開始洗手。為了不讓別人注意到我的存在而極力不發出聲音的生活方式，已經根深蒂固種在我的一舉一動中了。

當我把嘴裡含著的水吐出來、抬起頭時，心臟用力的跳了一下。因為鏡中映出自己的臉旁邊，是姐姐的臉。覆蓋著紫紅色胎記的醜陋臉孔，與「宛如洋娃娃」似的美麗臉龐。

即使是當妹妹的我看起來，也覺得她長得真的很美。吹彈可破的細白肌膚上一顆痘子都沒有，又滑又嫩，五官端正。特別是被長長睫毛環繞的大眼睛最讓人印象深刻，跟像是眼睛腫起來內雙的我天差地別，差別大到讓人懷疑是不是真的有血緣關係的程度。

她看起來是等著要洗手。我說了「抱歉」，慌忙讓出位置。

「為什麼要道歉？」

姐姐微皺眉頭說。顯然對我的行為舉止感到不滿。

從小就這樣。和什麼都能輕鬆做得又快又好的姐姐相比，我則是既笨拙、動作又慢。即使嘴上沒說，我也知道她因此不高興。

「普通都說，妳回來了、我回來了就好啦。為什麼要道歉？」

「……抱歉。」

「就告訴妳不用道歉了。」

姐姐再次皺眉嘆氣。好像覺得很麻煩似的。

我不喜歡別人對我嘆氣。爸爸、媽媽跟姐姐，見到我時老是嘆氣。這種時候，從他們的表情中，能清楚感覺得到對我的厭惡和無言以對，我不由得退縮。想要跟他們道歉，要跟我這種人當家人真是抱歉。

「啊，是說……」

姐姐像是想到什麼似的開口。一邊用毛巾擦手，一邊透過鏡子看我。她打量的視線讓我縮起身體。

「吶，千花，之前……。」

打斷她的我連忙丟下一句「抱歉」，便匆匆忙忙離開。我沒辦法再跟姐姐對話下去，越說越覺得自己很悲慘。

出了洗手間，運氣不好的跟媽媽打了個照面。

「等一下，千花，妳剛剛為什麼沒回來？」

「……對不起。」

「媽媽得跟伯父他們道歉啊，妳為什麼老是讓媽媽這麼困擾？」

「對不起，我以後會注意。」

從洗手間出來的姐姐看了眼我跟媽媽，再度無言以對似的嘆了口氣，走上二樓。

姐姐真好。成績好、長得也漂亮，什麼都能輕鬆掌握，也沒看媽媽對她發過脾氣。爸爸提到姐姐也總是讚美且溺愛的。

我深深覺得自己真的沒有任何存在的價值。不只在家，在學校、在任何地方都是。我沒有存在於這個世界中的必要與意義，一絲一毫都沒有。

我一邊想，一邊低著頭聽媽媽不知道要教訓多久的碎念。

# 3 深深的、深深的海底

——而妳現在，還繼續在贖妳為我所犯下的罪過。

「千花，回家吧。」

收拾東西準備回家時，站在我旁邊的留生，笑著歪頭對我說。他如黑色絲線般的柔軟細髮輕輕搖晃。從窗外照進來、慢慢增強的春日陽光，則在他的烏黑頭髮上反射出亮白的光芒。

我不由得一邊看，一邊微微點頭站了起來。

很快的，留生轉學到這裡已經一個多禮拜了。那天之後，他理所當然似的都跟我一起放學回家。

每天，當放學的鈴聲響起時，他就會拿著書包站在旁邊，微笑著等我收拾好書包，在我起身離開時跟在後面。

剛開始的幾天，他雖然照著我的請託在教室時不跟我說話，但每到下課時間他就會微笑著看著我，此外一直假裝不在意的樣子也已經到了極限，不知何時就變成了能普通對話的狀況。所謂的被感化，就是這個狀況吧，我想。

同班的大家看到至今不跟任何人接觸的我，突然變得會和轉來的男生子一起行動，都是一臉非常疑惑、驚訝的表情。因此好像連留生都被認定為「怪人」，越來越少人跟他攀談。不過他本人感覺一點都不在意，只和我閒聊。

剛開始，我對自己一直都沒跟人說過話、但在留生轉來之後突然能正常對話的模樣被人看見這點，覺得既丟臉又尷尬，不過現在已經很習慣了。

儘管身處在同一間教室中，可是我覺得我和留生並不被其他同學當作同班同學，而是被當成存在於其他空間裡的人對待。說兩人世界雖然聽起來很像戀人，不太正確，不過也非常接近這種狀況了。

離開學校前往圖書館的路上，留生也會跟我聊天。但我沒有辦法像普通人一樣好好對答、延續對話，一直覺得自己很沒用。

「天氣真好。暖暖的，真舒服。」

「啊……嗯，對啊。」

「夏天馬上就要來了。」

「嗯……。」

「啊，妳看妳看，那裡有貓喔。」

「大概是流浪貓吧？啊，不過，牠有戴項圈，應該有人養才對。」

「喔——……。」

「對啊……。」

「那代表牠有家可歸，太好了。」

就像這樣，他會跟我說他突然想到的事情，或是偶然看見的事物，但對我來說，聽到了也很難順暢回應。所以導致常會反覆回應「嗯」、「對啊」等字句。聊天能聊得這麼無聊的人大概也不多，就算是自己也覺得傻眼。

即使如此，留生也不在意，笑容滿面的跟我說話。儘管相當感謝他，但我因拚命想著多少要做點反應而覺得疲倦，也是事實。

我為什麼這麼不擅長和人交際呢？現在有個流行的詞叫「溝通障礙」，我經常想，這個詞大概是為我存在的。

我一邊說一些像我的無聊話回應留生一邊走，抵達平常去的圖書館。

走進圖書館後，我去平常用的桌子佔位，看書、寫作業打發時間到關門時間。留生坐在我對面的位置，就只看著我，一直看到晚上圖書館關門，我們踏上歸途。是很奇妙的景象。

以前的我非常討厭被其他人看著臉，會為了不讓人看見而悄悄行動。但不可思議的是，被留生看著就不覺得有多討厭。應該說是不在意。我想是因為他看我的時候，表情和眼神好似完全沒有看到那片胎記一般。

跟我說話的時候，其他人都會先看到臉的右側，然後像覺得「看了很失禮」般硬生生別開視線。可在隨意對談時，他們的眼神還是會時不時往胎記的位置去，像是很難不去在意，又或是想確認胎記的實體或全貌似的。

因為這種情況以前太常發生，所以留生看我時的感覺，對我而言是非常新鮮的經驗。他看我時就像完全看不見胎記似的。不，和看不見還是不同，或許說是已經看習慣了似的比較正確。我沒見過除了我以外臉上有這麼大片胎記的人。因此，大家都用一種稀奇、憐憫的眼神看我。留生大概也沒看過吧。

即使如此，他看我的時候，感覺非常自然。一般人看我的時候一定會有的想法，像是應該沒有的東西卻出現了的異常感、對醜陋的厭惡感、對我得帶著這麼大片胎記生活的憐憫等等，他看起來一星半點都沒有。

他沒有凝視我的胎記，也沒有反過來生硬的移開視線，就像沒有胎記的左側和有胎記的右側並無二致一般、看一般人的臉一樣的，非常「普通地」看我的臉。

這讓我坐立不安、心裡癢癢的，開心。所以我──。

「好喜歡喔。」

忽然來了這麼一句，讓不知不覺間陷入思考的我霍一下回過神。瞬間掌握現在的狀況。

我現在在平時常來的圖書館大桌看書，留生坐在我對面。然後他帶著微笑看著我。

左側有一扇大大的玻璃窗，春天柔和的陽光射進來。留生倒映在窗上的樣子像在微微發光，要融進陽光裡似的，很美。

我呆呆看著這一幕時，忽然想起殘留在耳邊他說的「好喜歡喔」。最後不知何故臉頰發燙，心跳加快。對「喜歡」這個單字奇妙的覺得害羞起來。

「欸……什、什麼？」

在我心砰砰跳的低頭問他時，留生的手從我的視線邊緣伸了進來，指著我的手。

「書呀。」

他的話讓我輕輕抬起眼。留生緩緩收窄眼睛。

「妳總是在看書，應該很喜歡書吧？」

我心中的悸動一點一點平息。呼地吐了口氣後小聲說「還好」。

「說是喜歡，是因為看書就不會有人跟我說話……。」

每到休息時間就拿出小說看，是因為這麼做就能跟周圍拉出界線。我老實回答，但留生卻露出一臉不解的表情。

「可是，如果真的只是因為這樣，那在學校以外的地方就不用看了吧？不過千花在放學之後還常在圖書館看書，看起來是真的很喜歡啊。」

這意料之外的答案讓我睜大眼睛。

我並沒有這麼想，只是在學校看到一個不上不下的地方就被迫中斷，想讀到一個段落再把書闔上而已。總是如此。讀到在意的地方時中斷讓我靜不下來，所以在圖書館或家裡才會繼續看。沒想到這在留生眼裡就像是「喜歡看書」，真是意外。

在我一心思考的時候，留生忽然望向窗戶的另外一邊，我也跟著看了過去。那邊整齊排著得抬頭看的高聳書架，上頭擺著滿滿的、數不清的書。

從窗外照進來的光亮，照著空氣中飄散的微塵閃閃發亮。圖書館獨有的老紙張、墨水和塵埃的味道讓我覺得舒服，我從小就十分喜歡這個味道。

「好多書喔，有幾本啊？」

留生宛如自言自語的說。我答「百萬本吧」。在借書櫃檯裡面有公布「到今天為止的藏書量」，我看過幾次後就莫名其妙記了起來。

留生驚訝的張大眼睛。

「百萬？有這麼多？好厲害。」

我輕輕點頭回答「很驚人吧」。

「在縣政府那裡更大的圖書館好像有三百萬冊藏書，一流大學的附設圖書館有將近一千萬冊藏書。」

「嘿……一千萬冊藏書，多到難以想像。竟然有這麼多的書，真是嚇一跳。」

留生一臉佩服似的說。

「真的。我之前在某個地方知道這件事時嚇了一跳。光是日本，一天就會出版兩百本書，一個月大約六千冊，一年大約七萬冊。好厲害喔，每年增加七萬冊的書。」

我一口氣說完，連喘口氣都忘了，講到一半就覺得呼吸困難。即使如此，還是說個沒完。

「而且這還只是日本而已，海外國家也每天都會出版書籍對吧？再加上從幾千年前就開始有人寫書，如果把世界上有的書全部合起來統計，說不定會有一億本以上的說法。一億喔，很厲害對不對？」

話說到此，我忽然回過神來。注意到自己一個人拚命說個不停，覺得相當不好意思。

有次我想知道這世界上有多少本書，就查到了這個資料，但是沒有說話的對象，沒辦法分享這份驚訝，所以一直有種消化不良的感覺，因此不自覺地劈哩啪啦全說出來了。

「……抱歉，都是我一個人在講。」

我心想留生應該會覺得很傻眼吧，偷偷看了他幾眼，意外發現他奇妙地一臉開心，然後微笑側著頭說「沒關係」。

「不用在意。更何況千花是第一次對我說這麼多的話，我高興都來不及呢。」

我的臉唰一下發燙。人生中幾乎是第一次說這麼多話，說到忘記呼吸。既不在乎對方的想法、也不看對方的反應，單方面急匆匆的一股腦地把自己的想法往外倒，既糟糕又不像話。

一想到他會怎樣看待這樣的我，便覺得尷尬非常。

「我感受到妳很喜歡書了。」

「也沒有特別喜歡啦……而且書看得比我多的人多的是……我只是，想到我知道的書是世界上廣大書海的其中之一，就覺得還滿有趣的……。」

這也是我平常就在想的事，原本沒有打算說出來的，卻脫口而出。單單是有人願意傾聽，說話就是這麼容易的事，讓我嚇了一跳。

「我想還有非常多有趣的、適合我的書，只是還沒遇到而已……。」

聽我做了結論，留生呵呵笑了。

「這樣，妳果然非常喜歡書啊。」

留生沐浴在窗外照進來的陽光裡，他的笑容像是要融在光芒裡一般，看起來清麗又澄澈。或許是這個原因，我莫名也覺得事實應該就像留生所說的那樣。

「也許……是吧。」

「一定是的。」

我一邊因害羞而隨意翻看書頁，一邊反芻似的反覆思考，這樣啊，原來我喜歡書呀。雖然都已經是高中生了，實在很不中用，但我還是第一次認真思考，自己究竟喜歡什麼。

回家後，打開玄關大門的同時，就感覺得到四周一片安靜，整座屋子死氣沉沉，燈光昏暗，沒有一點聲音。

這麼說起來，媽媽今天早上碎念抱怨著打工夥伴拜託她上晚班，沒辦法拒絕，所以現在應該還沒回家。姐姐這時應該還關在補習班的自習室裡。爸爸四月份好像工作很忙，最近都是十一、二點才回家。

晚上總會喝酒喝到醉，然後破口大罵、亂摔東西的爸爸，最近都過著吃完飯後立刻就寢的生活，所以這幾天晚上家裡也稍微和平一點。

家裡只有我一個人的稀有狀況，讓我覺得怪怪的。就在這麼想之後不久，客廳突然傳來響亮的鼾聲。我原本以為沒人在，所以嚇得肩膀明顯一聳。

我輕手輕腳打開客廳的門往裡看，是爸爸在沙發上打瞌睡。說不定是工作告一個段落就提早回家了。

我完全不想面對喝醉時候的爸爸，但幸好他睡著的時候，除了鼾聲之外一切無害。沙發對面的電視一直開著，播放著新聞。我一邊把帶回來的便當盒從包巾裡拿出來之後放進水槽，一邊隨意的看著新聞畫面。

『今年的長假。要不要過得更有趣，和家人一起去看流星雨呢？』

女主播直直看著我這邊笑著說。說起來，馬上就是黃金週了。不過我沒有家族旅行，也不會跟朋友一起去玩，所以跟我沒關係就是了。

電視上播放的影像，從帶笑的主播切換成一名白衣男子，在研究室一樣的地方面對相機。

『水瓶座η流星雨正好是黃金週時期能看得見的流星雨。從四月十九日開始到五月二十八日之間出現，高峰期在五月六日的二十三點左右。所謂的高峰期，是流星雨最活躍的時期，所以那一天的前後幾天都會出現非常多流星。』

是沒聽過的流星雨，我想著好像不錯，隨意的聽一聽。

『雖然每年都可以觀測到水瓶座η流星雨，但今年特別集齊了各種良好條件。高峰期那天月齡為一，也就是朔月的第二天，月亮非常纖細，不會受到月光的影響，看得見星星。再者，高峰期的時間正好在十一、二點左右開始到黎明前的晚上，所以肉眼也能觀測。當然，就算不是高峰期，只要是在流星雨出現的時間內，暫時抬頭看看夜空，我認為都能看到不少流星。』

這麼說起來，我忽然想起自己沒有實際看過流星。一直都低著頭的我，完全沒有長時間抬頭望向天空過，因為這麼做會讓胎記很顯眼。

我從書包裡拿出要給家長的書面資料，放在餐桌上。

『這個時期，黎明的天空充滿夏季星座。另外，如果有天色昏暗、不受人工光源影響的地方，也能看到銀河。』

看著電視上播出的星空，我莫名想到湖之森。無風的日子裡，湖面宛如鏡子一般倒映著周圍的景色，美麗的光景似乎很適合拍照，我看過幾次拿著照相機特意從遠方來森林攝影的人。

新聞畫面再度切回主播。

『利用黃金週去國外旅行當然很好，不過走到郊外、觀測流星，跟滿天的星星為伍也很棒不是嗎？接著……。』

就在我打算離開客廳，經過沙發後面時，傳來低低的呻吟聲，爸爸移動了身體。

糟了，是我弄出聲音把爸爸吵醒了嗎？得在被發現前趕快離開。我心驚膽跳的打開通往走廊的門，此時背後傳來衣服摩擦的聲音，覺得起床的爸爸正在看我。

雖然想就這樣往二樓去，但要是被爸爸認為我無視他讓他不爽也很可怕，就往後看了看。

視線越過沙發靠背相遇。爸爸皺著眉頭盯著我看了半晌之後，慢慢站起身。在我縮著肩膀怕是不是又要挨罵時，爸爸僅是沉默地走過我身邊。

我一下放鬆了全身的力氣，還有種心理準備落空似的感覺。

沒喝酒時的爸爸大概就是這樣，除了「飯」、「洗澡」之外什麼都不說，連目光交會也幾乎沒有，對家人漠不關心。

喝醉時會情緒激動，爆發似的對媽媽或我破口大罵，但那只是發牢騷，紓解壓力而已，應該沒有想傳達給家人的東西，我想。

安靜得過頭的家中，我帶著好比身處生物盡數死絕海底的心情，緩緩離開客廳，爬上樓梯。

這個家應該再無復活之日。總覺得打從一開始就沒有生命。

爸爸去完廁所之後好像又睡著了，我回到房間後過了一陣，樓下已經沒有一點聲音。

沉默震耳欲聾。明明以前就算在空無一人的家裡，也從不覺得有這麼安靜過。

難道是因為跟留生在一起的關係嗎？之前常常整天不開口，現在卻理所當然似的跟他聊了許多，所以才忘了經常包覆著自己的寂靜了嗎？我的感覺改變了嗎？

我覺得這很可怕。習慣留生的存在、習慣和留生在一起的自己很可怕。因為，他不會永遠都在我身邊，不會永遠在放學後都跟我一起度過。要是有了理所當然的錯覺，哪天留生離開的時候，我一定會覺得身邊沒有他、沒有人跟我說話的沉默空落落的，難以忍受。

這種變化、這種陌生的情感令我相當不安，打從心裡覺得可怕。

圖書館的櫻花花瓣一天天減少，今天已經染上樹葉的綠意。四月也接近下旬，春天的氣息幾乎消失，陽光開始帶著濃濃的夏意。

我不喜歡夏天。熱氣會悶在頭髮裡，熱得受不了。我知道把頭髮綁起來的話，脖子吹到風就會涼一點，但這麼一來，為了遮掩胎記而留的長髮就失去意義了。所以，春天的尾聲總讓我很憂鬱。

到了圖書館，我一如往常翻開想看的書時，看見坐在對面的留生從書包裡拿出稿紙。

「這個，你已經要寫了嗎？」

我小心地不要吵到周圍的人，壓低聲音問，他抬眼「唔」了聲，「嗯」的點點頭。

「欸欸，好厲害喔，已經想好內容了嗎？」

「嗯，上課的時候想到的。」

留生眼前攤開的稿紙，是今天現代文課上發下來的。下週開始放黃金週假期，老師出了「試著寫短篇小說」的作業。

突然說要寫小說，完全不知該如何下筆，在大家你一句我一句的「這沒辦法啦」、「我本來就不看小說啊」的抱怨時，老師笑著開口，「就知道你們會這麼講……」接著發卡片。卡片上各自寫了單字，說用這些主題來思考故事內容。

周圍的學生騷動著、手拿卡片彼此互相討論，有《花》、《太陽》、《早餐》、《機器人》、《狗》、《禮物》、《信號》、《智慧型手機》等等，似乎真的準備了各式各樣的單字。

「但是，不管給我們多少主題，突然說要寫小說，還是不知道該怎麼辦不是嗎？」

我小聲地說，留生的表情一臉不解。

「是嗎？千花常常看書，我原本以為妳可以說寫就寫的。」

我波浪鼓般搖頭。

「不不，我不行啦。看書跟寫文章是截然不同的。」

「唔，這樣嗎？」

留生不知道聽沒聽懂的歪著頭。

「千花的主題是什麼？」

我把收在資料夾裡的卡片拿出來給留生看。而後他瞬間驚訝的張大眼睛，然後自言自語般的說。

「……《星星》，真是命中註定……。」

命中註定？什麼意思？我不由得複述，但留生只是笑著說「沒什麼」。

「那，留生的是什麼？」

「我是這個。」

留生的卡片上寫著《旅行》。

「嗚哇，好像很難。」

我說出真正的想法，他歪著頭說「不會」。

「對我來說，這說不定反而是最好寫的。」

「是嗎？」

「嗯。看到這張卡片，我立刻就想到要寫什麼了。」

留生想寫的，究竟是什麼故事呢？儘管相當在意，不過老師提醒「自己寫完之前，不可以看別人或問別人」，所以我壓下了自己好奇的心情。

老師說，要是先知道了別人的故事，就很容易受影響，或許會寫出類似的劇情。

「……這個，可不可以借我看？」

很在意留生會寫什麼故事，我不由得開口詢問。他一瞬間露出驚訝的表情，然後考慮了一下，笑著「嗯」的點點頭。

「當然好，千花想讀的話，我會很高興的。」

他露出開心的笑容對我說。

我心中浮現了「被我這種人讀真的會開心嗎？」的自卑感，還有「如果做這件事會讓他開心的話那我想做」的兩種心情，彼此互相拉扯。

因為留生開始在稿紙上動筆，所以我一邊裝著在看書，腦子裡一邊在想他的事。為什麼他總是對我這麼好呢？

如果留生的舉動不是對我，而是對其他的女孩，就可以當成別人的事情客觀思考，自然會覺得是喜歡對方。可是，對象是我。是帶著醜陋胎記活著、個性陰沉的我。像留生這樣的人，應該是不會對我有好感的。我不認為一個容姿不凡、天資聰穎，雖說有點奇怪但跟誰都能友善對話、給人良好印象的男生，會喜歡我這種人。

光是想到喜歡這個詞，我就會害羞臉紅到幾乎噴出火來。到底誰會喜歡我啊？這種事情光想就是罪過，根本是自戀。

「妳現在，一定在想什麼討厭的事對不對？」

帶著笑的聲音響起，留生忽然說。不知道什麼時候停下手看著我。

「臉慢慢往下垂，表情越來越灰暗，在想什麼會讓心情沉重的事吧？」

我本以為他一定在專心寫作業，沒想到他一直在看我，我尷尬的低下頭。

「沒什麼……只是有點恍神而已。」

「是嗎？如果是這樣就好。」

留生笑了。不可思議的是，一看到他的臉，剛剛占據在腦海中與心裡亂成一團的想法，都像濃霧散去一樣漸漸消失。

留生有這樣的特質。大概是因為他臉上總掛著澄澈的微笑，所以擁有能讓人的心緩和下來的力量。

之前也是，班會時一部分女孩子因為遠足的巴士座位問題起了衝突，氣氛變得劍拔弩張，當時留生突然站起身，笑著說「猜拳決定吧，輸了不要怨」的瞬間，互瞪的女孩們全都傻眼似的靜了下來。

這是我永遠做不到的事。我只會讓人生氣、不愉快。要是我也能像留生那樣就好了。心中湧起了個痴人說夢的念頭。

此時，留生突然換了表情，開口說「那個……」。

「雖然這只是我個人的意見……」

他以這句話當做開場白，用非常真摯的眼神看著我。

「妳，其實不是妳所想的那種人。」

「……咦？」

又說了聽不懂的話，我微微皺眉。

但留生的語氣非常認真，令我難以反問。

「千花對自己，一定非常的……怎麼說才好呢？自我評價……評價很不好對不對？」

他的語氣小心翼翼，話也說得模稜兩可，不過我在心裡用力的點頭。當然啊，因為我沒有任何優點。臉蛋、性格、腦子都不好，什麼值得誇讚的地方都沒有，自然會覺得自己沒用。

留生看著我，垂下眼簾，繼續說「但是……」。

「那是因為千花誤會自己了。」

「誤會……？」

我不覺得有什麼好誤會的。自己的事情自己最了解，這不是理所當然的嗎？

「妳還不認識真正的自己。」

聽到留生深信不疑的語氣，不知道為什麼，我無法反駁。

「希望妳，要記住這一點。」

留生露出微笑，像祈禱、懇求似的說。

活到現在，從沒有人像現在這樣正面接受我這樣的人、跟我說話。他的視線、言語，都跟以前我接觸過的人完全不同。

他的視線一直都溫柔且包容，沒有一絲一毫的負面情緒。

他的話全部都是對我正面的肯定，只為了傳達給我而生。

他認真地考慮我的事，盡可能傳達給我。儘管我不清楚他想表現什麼，不過，我只知道他是為了我才說這些話的。

想到這裡，我莫名害羞，然後尷尬起來。

「……我已經知道了，不要再講我，專心寫小說吧。」

我轉向另外一邊宣告，他像覺得有趣地笑著說「好——」，再度把眼光放回稿紙上。

# 4 在緊閉的殼內

——妳所有的痛苦，都是因我而對妳降下的刑罰。

「因盤點藏書而臨時於下午五點閉館」的廣播，響徹了圖書館內，我們便在天還亮的時候離開圖書館。

今天媽媽不用打工。在這個時間點回家的話，大概又會因為隨便什麼事就挨罵，所以最好找個地方打發一下時間後再回家。

我呆呆的想著這些時，留生突然說「我得去買筆記本和自動鉛筆芯，這附近哪裡有賣？」

被他一問，我說出位於兩站之遙的文具店店名。明明是附近學生人人皆知的店，留生卻像完全不知道似的，「嘿～」地模糊回應，一臉思考的樣子。

「我也有想買的東西，一起去吧？」

還想打發時間，臨時起意的我這麼說，聞言，他的臉啪一下閃閃發亮。

「欸，千花要帶我去嗎？」

明明是非常自我中心的想法，但卻得到這麼開心的反應，我莫名覺得抱歉。

「嗯，那個……它在有點難找的地方。」

「哇啊，好高興。千花是第一次說要跟我一起行動耶。」

留生看起來是真的很開心。為什麼會因我說的話而這麼開心呢？我想起剛剛的心情。

「那一站可以用定期票喔，那，我們快點過去吧。」

他顯露出至今最雀躍的樣子，早早跨開步伐。

在最近的車站搭上電車，往目標車站前進。可能是因為剛好跟下班時間重疊吧，車廂裡座無虛席。

我是第一次跟其他人一起搭電車，不知道該怎麼站才好。煩惱到最後，我站在距離留生兩個吊環的位置，他呵呵笑著對我說「會不會太遠？」，但也正因如此，知道距離並不會太近後，我稍微鬆了口氣。

我一邊裝作在看窗外掠過的傍晚街景，一邊希望早點抵達。即使在學校或圖書館時，我已經習慣他在我身邊了，但像現在這樣與平常不同的情況，我怎麼樣都覺得不知所措。

馬上就要到達目的地的時候，電車一個過彎，大幅搖晃起來。這時候，旁邊穿套裝的女性一個踉蹌，輕輕撞了我一下。接著我腳步搖晃，不小心一個沒站穩，就這樣顫巍巍的一步、兩步朝留生那邊移動，肩膀一下撞在他的胸口上。

「啊，抱歉。」

在我慌張想離開時，他一邊回「別在意」，一邊輕輕把手放在我肩膀上，將我扶到他的身影下。雖然是如羽毛般輕輕的一碰，非常自然，而且也很溫柔，但我還是莫名害羞得不得了。

「很危險啊，妳站這邊。」

留生用強硬的語氣在我耳邊小聲地說，再加上害羞，我無法拒絕，只能像壞掉的娃娃一樣點頭。

只有靠近他的左半邊奇妙的躁動不安。左半身像是起雞皮疙瘩、又像是細細的針尖刺著似的。

不知道該看哪裡好，我的視線四處飄移，看見車窗裡倒映的自己和他的模樣。

穿著相同的制服，肩並肩站立的高中男女生。旁人看起來，說不定會覺得是情侶吧？腦中無意間冒出這個念頭的同時，心底再度湧起羞恥與自我厭惡感。長成這樣居然還想跟男生交往。戀愛，是離我最遙遠的名詞。誰喜歡我什麼的，光是想像都不能被原諒。

我抓著吊環低下頭時，留生忽然湊上來看著我的臉。

「又在想討厭的事情了。」

像要把我吸進去似的深黑色眼眸，映出我的身影。直接得過了頭的視線宛如刺進胸口似的疼痛。意識到那張端正的臉龐正近距離的看著我時，我湧起不想讓他盯著我醜陋面孔看的念頭，就這樣低著頭別開眼。留生湊得更近，我也轉得離他更遠一點。

而後留生自言自語似的說。

「千花總是低著頭。」

我不由得握緊了掛在肩上的書包背帶。抬起眼瞟了瞟車窗，那張俊美的臉龐用幾乎低不可聞的聲音繼續說「為什麼……」。這個瞬間，我的怒氣轟的一下燒起來。

看到我的臉還不知道嗎？陰氣森森的，當然得低著頭藏起來啊。留生是瞎了嗎？

「……看就知道了吧，這麼醜的胎記……！」

話說出口的同時我回過神來，後悔非常。這是什麼自虐的說話方式啊？聽到這種話，對方一定不知道該怎麼回才好。我不想讓別人覺得我是期待能得到安慰或鼓勵才這樣發脾氣的。

想著要道歉而慌忙抬起頭時，兩人眼神交會。他皺著眉，抿住唇，一臉痛苦的樣子。為什麼留生會是這個表情呢？

在我驚訝得說不出話來時，他像承受著巨大痛楚般，小聲地說「抱歉」。

「抱歉……。」

和表情一樣痛苦的、低沉沙啞的聲音。我拚命搖頭。

「為什麼要道歉？留生沒有錯，是我的問題。是我用這種自虐又奇怪的說話方式……。」

「不是的！」

像是要打斷我的話，留生的聲音嘶啞。一直沉穩的他第一次用這種語氣說話，我不由得啞口無言。

「不是的……。」

留生呻吟似的低語後，彷彿在找該怎麼說才好似的，嘴脣震顫了幾下，而後像重新思考似的垂下他長長的眼睫。

「因為……是我害的。」

不懂他是什麼意思，我「欸」的反問，但他只是悲傷地抿了抿脣。

「什麼意思……？」

而後他像再度打斷我的話似的小聲說「對不起」。

「……真的，抱歉。」

我驚訝得說不出話來。就在這時電車到了站，我們不約而同的下了車，沉默的面對面。留生直直地看著我胎記的位置，然後緩緩開口。

「我不覺得妳的胎記醜。」

我屏住氣息，只是回望著他。不覺得醜？怎麼可能。就連看了十六年的我，也覺得醜到看了都會怕。

雖然沒有說出口，但留生像是讀懂我在想什麼似的說「真的」。

「非但不醜，反而……。」

小聲這麼說的留生，手緩緩的朝我的臉伸來。

我反射性的說「不要！」，揮開他的手。

「不要碰……。」

我無力的低語。這個宛如我自卑感根源的胎記，即便是留生，我也不想讓他碰觸。他看著我，小聲地道歉，「對不起」。

留生為什麼這麼嚴肅，為什麼這麼擔心，為什麼說是自己的錯，我一概不知。但是，看見落在沉默臉頰上的睫毛影子時，我也一句話都說不出來。

之後我們去了文具店買東西，表面上看似一如往常，但我們之間飄散著一股尷尬的氣氛。因此，買完東西之後就早早踏上歸途。

和留生道別後，我一邊走在回家的路上，一邊想著他的事。

在雨滴宛如流星般落下的那一天，忽然出現在蹲在夜晚公園一隅的我眼前的，不可思議的男生。

原本以為不會再見，但一個月後，在同一個公園內再度相遇。他說這一個月每天都來公園等我。

然後，下一個月突然轉到我就讀的學校、同一個班級，坐在我的鄰座。為什麼要約我一起放學回家、不厭其煩地和不善言詞的我聊天，結果不知不覺中變得一整天都跟他一起度過。明明就不是在交往啊？

儘管原因在於我無法拒絕，但這種狀況確實很奇怪。

老實說，和留生相處非常舒服。他不像別的人會輕視我，也不會反過來給我不必要的憐憫，而是用很普通、自然的態度對待我。自然到我會有自己就像是個「普通人」的錯覺。

雖然沒辦法好好回應，不過跟他聊天很開心。和留生相處時，能忘記各種煩惱，度過平靜溫柔的時光。對在家、在校都沒有容身之地的我而言，是非常寶貴的時間。

可是，我也隱約知道，留生並非單純因為好感或友誼跟我在一起的。

留生是個不可思議的人。這話可能說得不好聽，但總有種他並非這世上之人的感覺。憤怒、憎惡、嫌棄、嫉妒，就像是沒有這些像人類的黑暗、汙穢感情似的。

我覺得這的確是件好事，不過留生給人一種非現實且不安的印象。像是輕飄飄浮在半空中般，沒什麼真實感。說的話、做的事和一般人完全不同，儘是我無法理解的事物。就像是生在不同次元的人一樣，想抓住他卻抓不到，突然一陣風吹過來就被吹走了似的。感覺到這一點，就莫名會不安起來。

到底留生在想什麼，接近我有什麼目的，我不知道已為此煩惱過多少次。

所以我沒辦法完全相信他，告訴自己不可以信任他。

我一如往常悄悄推開玄關大門，一如往常輕手輕腳走上二樓。

但是，一進房間，就有種和平常不一樣的感覺。我左看右看，尋找不一樣的原因在哪裡，視線停在牆壁邊的書架上。然後驚愕不已。

——什麼都沒有。書不見了。

我從小學高年級左右開始看長篇散文，積攢零用錢、壓歲錢，一點一點收集下來的書籍，如今書架上一本不剩。

腳下開始崩壞。我癱坐在地上一會，看著空蕩蕩的書架，然後霍地一下站起來。

跑下樓衝進客廳，看見媽媽正在記帳的背影。我戒慎恐懼的開口。

「媽、媽媽……。」

媽媽朝我這邊瞥了一眼又低下頭，說「什麼」。

「那個，書呢？」

我沒辦法順利說出話。緊緊握著自己發抖的手，鼓勵自己，拚命擠出聲音。

「我的書……應該在書架上的那些，全部……都不見了，那個。」

「我全丟了。」

「咦……丟……？」

媽媽就這樣低著頭，乾脆的回答。

我一下子血氣上湧，眼前一片黑。打擊太大而腳步不穩，但靠著旁邊的牆壁勉強重新站好，啞著聲音問「為什麼」。然後媽媽用嚴厲的表情回過頭。

「我看到妳的成績單了。」

冷漠的聲音讓我背脊發寒。是開學典禮第二天舉行的實力測驗。我想反正他們只對姐姐的成績有興趣，就沒給爸媽看放在抽屜裡。沒想到會被發現。

「那個名次是怎樣？我知道妳成績不好，但在那種爛學校裡還考不進三十名以內，是怎麼回事？」

媽媽像是要發洩心中的不滿似的拉高聲音。

「……對不起。因為我數學考得沒有平常好……。」

「是因為看閒書考差的吧？要是有這種閒暇時間的話給我好好念書啊！說放學之後在圖書館讀書，都是在看些無關緊要的書吧？」

我因媽媽銳利的眼神而退縮，想要道歉之後逃離現場。但腦中浮現出的空蕩蕩書架，逼著我開口。

「……可是，考試前我有好好讀書啊……不是因為課外讀物的關係，只是因為我的實力不夠……所以把我的書丟掉……。」

「不許頂嘴!!」

歇斯底里的叫聲，打斷我下定決心說出來的話。

一聽到媽媽的怒罵聲，我總是腦袋一片空白、冷汗直冒、身體僵硬，喉嚨像是被掐住一樣發不出聲音。

媽媽眼神銳利地瞪著陷入沉默的我。

「妳成績不好，連我都會被妳爸說得很難聽！什麼明明就在家裡，連孩子都教不好！」

「啊……。」

「全部都請回收業者收走了，追不回來了。放棄吧！媽媽很忙，不要煩我!!」

五雷轟頂似的話，讓我失去了再爭辯下去的力氣，安靜的出了客廳。

但是隨著我一步一步往樓上走時，我的怒火往上湧。

為什麼隨便把我的東西丟掉呢，就算是爸媽也沒有這個資格吧？沒有辦法直接明說的想法，在我身體裡瘋狂迴旋。

走進房間，我隨著自己心情用力關上門，發出比想像中還大的聲音，嚇了一跳。因此情緒稍微收束了一點，搖搖晃晃的坐在床上。

而後，傳來叩叩的敲門聲。我原本以為是媽媽來罵我，瞬間緊張起來，打開門後門外的卻是姐姐。她站在房門口看著我。

「怎麼了，弄出這麼大的聲音。發生什麼事了？」

我沒注意到姐姐在隔壁房間，關門的聲音打擾她念書了。我低著頭小聲的道歉說「抱歉」。

「抱歉……我之後會注意。」

姐姐深深嘆了口氣。

「我不是這個意思……。」

姐姐受夠了似的說，我嚇了一跳。讓姐姐不開心了。我不知道若是讓姐姐更不高興的話該怎麼辦才好。小聲地說抱歉，但聲音沙啞起來。

「就說了不用道歉。比起這個，妳還好嗎？又被媽媽罵了？剛剛怎麼啦？」

我不想被來問原因的姐姐罵。比起挨罵，她大概會傻眼吧？為什麼不能像我這樣念書，或是不耐煩的覺得為什麼我有這種妹妹呢。我很清楚，所以什麼都不想說。

「對不起，真的很抱歉。」

我站起來數度道歉，就這樣低著頭咚一下關上房門。姐姐在門的另一頭再度嘆氣，回到她房間。

「怎麼了，發生什麼事了？」

第二天早上，看見坐到座位上的我時，留生一開口就這麼說。

「我沒事……為什麼這樣問？」

「因為總覺得妳沒什麼精神，感覺很疲憊的樣子。」

儘管想回我總是這麼陰沉吧，但因為覺得麻煩所以就閉上了嘴。

書被隨意丟棄的打擊似乎比我想像得要大，我昨晚幾乎都沒睡。所以今天早上在洗手間鏡子上照出來的、本來就醜的臉上，還加了深深的黑眼圈。留生大概也看到了。

我一邊低著頭用頭髮蓋住臉，一邊拿出課本。覺得自己很難和平常一樣跟他對話、露出微笑，為了不講話，打算先拉出警戒線。

留生果然一臉想說什麼似的看著我，可最後什麼都沒有說。

下課時間，我離開教室要去洗手間。正打算走進廁所時，從裡頭傳出一個高亢的「我懂——！」的女聲。是班上的女孩子們。

啊，我直覺性地覺得不太妙。不由得停下腳步，僵在入口。

「是怎麼回事呀，在交往嗎？」

「不是嗎？他們每天都兩個人在講話，也一起回家喔。」

「啊是啦。怎麼說……很那個欸。」

我的心砰砰跳得很快，耳朵裡聽得見脈搏的聲音。有種不好的預感。說不定是自我意識過剩，但這說不定是在講我們。

「怎麼說，那個就是說，不舒服？」

「啊——藤野同學？」

果然；我背脊發涼。不好的預感，中了。

「說可憐也是可憐啦，但那個胎記真的很誇張，有點恐怖。」

「我懂——是怎麼回事？小時候受傷什麼的嗎？」

「不知道。但是啊，雖然這樣講很抱歉，不過老實說真的很噁心，沒辦法直視。」

我想大喊，這點我最清楚。最覺得這張臉噁心、無法直視別開眼的，是我。

只是，不管是在家還是在學校，我都已經習慣被人在背後說壞話了，「又來了」的嘆口氣聽聽就過去。不過，接下來的話入耳的瞬間，我的心臟幾乎凍結。

「話說回來，那傢伙明明長那樣，居然還敢囂張欸。」

我有種全身血液一口氣往腦子衝，然後一口氣往腳下走的感覺，並痛苦地發現，我害怕的事情，最後還是發生了。

「啊——那個。我知道能跟轉學生交往一定會很高興，可是就像在炫耀似的整天黏踢踢，真有點受不了。」

「啊哈哈。算啦，這樣說她好可憐噢。頂著那張臉原本跟戀愛無緣對吧？可以理解她第一次交到男朋友很開心，想炫耀一下啦。」

「這也太上對下了吧，好好笑。」

「唉，的確是很可憐。覺得幸好自己不是那個樣子啊。」

「這是真的。我們真幸運。」

「所謂沒有最慘，只有更慘？」

「啊哈哈，過分——。」

「妳不也是這樣想嗎——？」

不負責任的嘲笑像箭一樣以尖銳的形式接連飛來。全身上下被不熟的人用惡意塊壘砸成蜂窩的我，只能站在那裡。

「那麼大一塊胎記……老實說，有種長那張臉的時候人生就結束了的感覺欸。有夠可憐的——。」

「是男的就算了——是女的真的很辛苦。」

「如果會讀書或性格開朗的話還能救一下。」

「嗯——沒辦法吧？長成那樣還好意思開朗喔？」

「應該以後也找不到工作唷——真可憐。」

「那麼，得對她奇蹟似的因交到男朋友而心情愉快這點事睜一隻眼閉一隻眼啊。」

她們開開心心嘲弄的笑聲響徹整間廁所。

掛著憐憫的羊頭賣輕視的狗肉，偽裝成同情的侮辱。我快吐了。踩著顫巍巍的腳步往教室走去。

果然還是不要跟留生一起行動比較好，我湧起強烈的後悔之意。其他人都是男女分開成小團體行動，只有我跟留生不屬於任何一個小團體，兩人一起行動，引人側目是理所當然的。

失敗了，無法挽回的絕望感包圍著我。

我過去明明都降低存在感的過日子，沒想到在這裡栽了跟頭。

之前都宛如透明人一般不被任何人注意，悄悄的生活著，最後還是被注意到了。

我在班上變成不是「比空氣還沒存在感的存在」，而變成了「明明存在卻不存在的存在」了。

變成這樣就完了。他們意識到我的存在，但最後會變成「討人厭的存在」而暴露在帶著惡意的視線之下。一個突然出現的醜陋小透明，只有被毫不留情攻擊、排除在外的命運。同樣都是孤立，自己抹去存在感和被別人排斥是天差地別的。

我的眼前一片黑，腦中一片空白，幾乎是下意識地走回教室。

走向座位時，留生好像有跟我說什麼，可我聽不見。咚一下坐在椅子上時，他喊「千花？」，一臉擔心的看著我。我說不出話來，沉默不語。

這時候，我看見剛剛在廁所聊八卦聊得很開心的女生們回來了。我一下子回過神，注意到不能被她們看到這種狀況。

我迅速轉向旁邊，盡可能冷淡地說。

「抱歉，不要再跟我說話了。」

留生一臉驚訝地張大眼睛，反問「為什麼？」。我別開視線重新看向前方，小聲地說「沒什麼」，然後再也沒有看他一眼。

「千花。」

留生追著在放學班會結束的同時就低著頭站起來、走出教室的我。

「吶，千花。」

「……。」

我什麼都沒有回答，無視留生，只看著自己腳下走在走廊上。即使如此，啪嗒啪嗒追上來的腳步聲卻沒有停止。

「為什麼……？」

他應該是想問「為什麼無視我」吧？但溫柔的他到此就住了口。我一邊想著他能這樣放棄就好了，一邊閉緊雙唇繼續往前走。

「對不起……對不起。」

被他從背後用悲傷的聲音道歉，我對自己保持沉默覺得抱歉起來。看看四周，我確定附近沒有班上的人之後轉回頭。

「為什麼要道歉……？」

我一問，留生像是鬆了口氣似的，僵硬的表情和緩下來。

「我想我是不是做了什麼惹妳生氣的事。」

我搖頭否認「不是的」。

「不是留生的錯……是我的問題。」

「這樣的話，一起回家吧。」

「這……沒辦法。我們不要再一起行動了。」

「但是……。」

面對仍然緊追不捨的留生，我終於失控的喊出來。

「和留生在一起，我很不愉快！」

話一說出口，我慌忙看向他。想著傷到他了，但留生一瞬間張大眼睛後，露出所有的情緒都平靜下來的表情。

「對不起……即使如此，我還是沒辦法——」

離開妳，他低語似的說。

「再一下下，馬上就結束了，所以，只要再一點時間，不要離開我。」

這個表情，近乎冰冷的平靜，冷得讓我發顫。

「只要再一點時間……。」

最後留生懇求似的說。我只能啞口無言、呆呆的回望著他。

# 5 被遺忘森林的深處

——所以，我想把從妳那裡得到的，還給妳。

「這什麼狗屎便當啊！」

一大早爸爸的怒吼聲就響徹整個家。我正在刷牙的手不由得停了下來。

「媽的用什麼冷凍食品！是想讓我在公司打開這麼丟臉的便當嗎？別人會怎麼看我？稍微

想一下就知道了吧！妳明明是個家庭主婦，怎麼連便當都做不好!!」

看來今天心情特別差。明明不喝酒的時候話很少的，現在卻不停的一直罵媽媽。昨晚很晚才酩酊大醉的回家，說不定還在醉。

「少拿打工當藉口!!」

媽媽好像反駁了什麼，爸爸的聲音更加不滿。

「是妳堅持，我才勉強答應妳去打工的！得意洋洋的跑去工作，就好像在跟鄰居說我賺的不夠用！這個我也忍了！要是因此做不好家事就不要去打工了，現在立刻打電話去店裡!!」

我重重地嘆了口氣。一大早就得聽這麼高壓的叫罵聲，真希望他能站在我這個女兒的立場上想一想。

客廳安靜了一陣，然後聽到玄關門大聲關上的聲音。爸爸終於去上班了。

我悄悄從洗手間出來去廚房一看，媽媽比平常弄出更大的聲音在洗碗。臉色非常難看。

媽媽老是這樣。被爸爸無理大罵之後會非常懊悔的發脾氣。但被罵的時候只會沉默著點頭拚命道歉，或聲如蚊蚋般微弱辯駁。然後就像發洩那股無處宣洩的悔恨與不滿一般對我破口大罵。我之前也曾經受不了她一跟爸爸有衝突就遷怒我，說過：「要是只會吵架，離婚算了」。可媽媽氣得像要噴出火來大罵，「不要說得這麼簡單！我是因為妳們才忍耐的！」。

那之後我再也不對爸媽之間的關係發表任何意見。說什麼都沒用。我吞下嘆息，不被媽媽發現的悄悄離開家。

從媽媽隨便丟我書那天之後，我就再也沒跟她說過話。之前不管她罵我什麼，我總是默默承受，不過這次我無論如何都無法忍耐。雖然大概不可能，但在媽媽那邊主動道歉之前，我不想開口說話。

我拚命壓抑著宛如在黑暗沼澤中噗嚕冒泡的憤怒往前走，沒多久就遠遠看到留生正站在街角處。一邊想著還在啊，一邊看也不看、招呼也不打的從他旁邊擦身而過。他就默默的在我身後邁開腳步。

就在我拒絕他的第二天，走出家門，他就在附近等我。就算說了「非常抱歉，我真的不想再跟留生一起行動了」，他依舊每天都來。我沒辦法，儘管覺得抱歉，還是只能無視他。因為，不知道在哪裡會被誰看見。我不想再經歷那種事了。

天氣陰沉沉的。厚厚的雲層蓋住了晴空，遮去太陽的光芒。整個世界沒有光也沒有影子，只有一片灰濛濛。

不跟留生說話已經過了一週。我跟以前一樣，在學校總是一整天都不開口，眼神不跟任何人交會，心態穩定、不受打擾。

即使我看到他了也不說話，可不知道為什麼，留生還是沒有放棄，在我周遭出現。早上會稍微保持一個固定的距離跟在我身後，到學校也一直待在我視線範圍邊緣，回家時也跟之前一樣跟著我到圖書館，什麼都不做，就坐在離我五張桌子的地方。然後送我回家，看我進家門後，沉默離開。

總之一整天都在我看得見的地方。但這不代表我就會跟他說話。就只是在同一個空間裡而已。

看到他的模樣，我想起原本已經忘記的跟蹤狂之謎。即便我不知道他有什麼目的，可他似乎打定主意就這樣跟著我。

不過，大概是因為我沒有和留生互動，沒有近距離對話吧，我變得不在意班上女生的眼光了。而班上女生像又和以前一樣，把我歸類在「雖然看得見但當看不見」的行列。

我得以再次回到「比空氣還沒存在感」的生活中。

「喂——日本史小老師，把筆記發回去。」

老師的聲音從教室後門傳來，正在呆呆看著窗外的我回過神。日本史小老師是我。

我想回答是，但發現喉嚨就像口渴的時候一樣乾澀，沒辦法順利說出話來。

這麼說起來，我是什麼時候開始沒說話的呢，想一想，應該是從三天前的古典文學課上，被點名回答了「是形容動詞」後，就沒跟人說過話了。

家裡的氣氛變得比以前更差，爸爸在深夜十一、二點時喝得醉醺醺的回來，鬧完立刻就睡，媽媽持續歇斯底里，會因一點小事就暴跳如雷。由於丟書的事情，我仍然不想跟她說話。

姐姐補完習後便會關在自習室念書，也是不到十一點左右不會回來。

所以我在家也好、在學校也好都沒開過口，也沒有說話的必要。

沒有留生就變成這個樣子，我想。正因為他過去耐著性子，無數次跟不善言詞的我對話，我才有辦法出聲。

在家、在學校都不講話。這對過去的我而言明明應該是「普通的狀態」，但不知為何，現在卻莫名的覺得空虛。或許是因為跟留生一起度過，知道了與人來往、暢所欲言的快樂吧？

可我不想知道這種東西。如果不知道的話，我就能一如既往地像平靜的水面一樣安穩、寧靜度日，一輩子這樣就好了。但為什麼，我現在會因此覺得非常非常空虛呢？

我跟著走廊上滿滿往體育館方向的學生，呆呆地走著。左邊被擠就往右偏，右邊被擠回來就踉蹌往左的我，就像是失去船櫓、在大浪中無力飄搖的小船。

透過窗戶看見的天空暗沉沉。蓋滿天空、低垂下來的濃灰色雲朵，蓄積了滿滿的水分，沉重得似乎可以立刻墜落。

今天第六節課在體育館有集會活動，好像是某個演講。我在發呆沒怎麼在聽班導說話，所以不清楚內容。

在擠滿人的鞋墊上找到空檔，我換上體育館運動鞋，走了進去，找到自己班級的隊伍坐在地上。留生一會也會來，如果我往前坐，他又會跟在後面吧？我嘆了口氣。

我不擅長面對全校性集會。班上同學已經看我的胎記看習慣了，但其他班級的人或是高年級生就會露骨的時不時往我這邊看。其中有第一次看見我，一臉驚訝的瞪大眼睛，然後一直盯著我看的人。因此我總是盡可能的不引人注意的蜷縮起身體，蹲著把臉藏在柵欄似的髮絲中。

我一邊只用耳朵聽著周圍的喧囂一邊靜靜等待，打鐘之後，喧囂聲音一下子靜了下來。司儀老師拿著麥克風發下號令「大家一起，行禮」。我就這樣低著頭微微鞠躬。

「那個——那麼，我來介紹今天的講師。」

大家啪啪拍手。似乎是麥克風交到講師手上，喇叭裡傳出來的變成了年輕女性的聲音。

「大家好，我是在『心理健康諮商中心』工作的臨床心理師，我姓中村。平常在我們中心……。」

心理健康，這個詞讓我無意識的抬起眼。女性講師身後降下投影幕，投影出今天的演講題目「為了守護自己的生命」。我的胸口突然有種熱燙的感覺。

「……我的工作，是像這樣透過電話或面談，聽心裡有煩惱的人說話並給予他們協助。今天，我想跟大家分享我工作時遇到的某位女孩的故事。首先，請大家讀一下現在發下去的講義。」

紙從前面傳了過來。上面寫的是一個叫做「A」的女孩的故事。

她自小和家人處不好，覺得自己可有可無。在學校交不到朋友所以陷入孤立，精神方面也逐漸不穩定起來。到哪裡都沒有容身之處，就在街上亂晃，交到壞朋友開始做壞事。

而後，最終因為她吞服大量安眠藥、用美工刀割腕，反覆自殺未遂，所以透過學校轉介連絡上諮商中心的工作人員，進行心理諮商等協助。

讀到一半，周圍的學生紛紛「好可怕喔」的面面相覷，但我立刻覺得「這是我的故事」。我近乎疼痛的清楚明白少女A的心情。

「大家讀完了嗎？」

女性講師靜靜地開口。宛如從深海中緩緩浮上似的，思考回到現實。

「A同學最後……自己結束了自己的生命。」

她帶著哭音說。其他學生則像是受到打擊似的發出感嘆聲。

「關於A同學的故事，你覺得怎麼樣呢？」

講師點了坐在最前排的學生問。

「我覺得如果死了一切就結束了，而且家人也會難過，所以不可以自殺。」

一個應該總是位處班級中心群體、給人開朗活潑印象的男生回答。他會在最前排，代表是學年委員長。

他平常都過著充實、富足的生活吧？我想。外表好看，頭腦、個性一定也好，被家人所愛，被許多朋友圍繞，幸福的生活著。他一定一輩子都不會知道，孤獨到想死的少女A是什麼心情。

「是的，正是如此。」

講師大幅度的點頭。

「要是死了，一切就結束了。的確，討厭的事情會消失，但另一方面，就連好事也會跟著消失。」

呵，我露出苦笑。這個人不知道啊，我想。

「在你們當中，也許有覺得想死、死了也無所謂的孩子。不過只有一件事希望你們能記得。」

我抬起眼，透過瀏海的縫隙看著她。那是張即使悲傷的皺著眉，卻仍然宛若充滿慈愛微笑般的臉。

「現在不管有多少痛苦，只要活著，一定會有好事發生。世界非常大，離開學校這個小小生活圈後，外面有很寬廣很寬廣的世界。那邊充滿著令人期待、開心的事物。」

光聽就覺得痛苦。這個人，真的，什麼都不知道。

「請不要忘記。你要是死了，會有人悲傷難過的，絕對有。你的家人、你的朋友、學校的老師，大家都會大受打擊、為此哭泣，請不要讓珍惜你的人難過。然後，一定有需要你的人，將來一定會在某個地方與你相遇。不可以自殺。要是你死了，有一天會與你相遇、應該被你拯救的那個人就太可憐了不是嗎？所以你們不能死。」

放屁。我想出聲反駁。

我抱膝埋頭，拚命壓抑著難解的心情。

為什麼會覺得這麼難以呼吸呢？

回家路上，我一邊抬頭看著已經重得不堪負荷開始滴雨的烏雲，一邊思考。

雖然過去就是如此，但最近比之前更痛苦了，痛苦得無以復加。在家窩在自己房間裡也好，在教室角落看書也好，心情總是不能平靜。明明過去只要降低存在感，塞住耳朵、閉上嘴巴，就像身處堅硬緊閉的貝殼中，不受外界的任何刺激，能夠安安靜靜地活著。現在不知道為什麼，沒辦法好好呼吸，像是要一直索求氧氣似的感覺。

少女A的故事不斷在我腦中盤旋。和家人不親、沒有朋友、對任何人而言都沒有存在必要性的她，因此覺得死了也無所謂。覺得想死、覺得死了比較好。我深切的了解她的心情。

我也一樣。最近常覺得自己其實沒有活著的意義。並不是因為感傷所以這樣覺得，而是客觀認為。

而且，我接下來不管活多久，大概也都是一樣的。變成了大人也好、變成了老奶奶也好，都無法改變我沒有存在價值這件事。

就算現在立刻去死我也一點都不後悔，我死了也不會有人會覺得困擾。

沒有自己的容身之處，沒有存在的價值，沒有活著的意義。我一直都是這麼想的，她也一定和我一樣。

那時候，在知道她自殺的學生們同情與憐憫的聲音漩渦中，只有我一個抱持著不一樣的感情。那是強烈的同感。

當然我覺得她過世了好可憐，但與此同時，也被一種醒悟的感覺包圍，「對了，我其實也可以選擇自殺」。

我第一次意識到自己活在比一般人嚴苛的環境裡，而且，可以對此感到悲傷與絕望。

講師說「繼續活著一定有好事發生」的聲音在我耳邊浮現。她為什麼能說得這麼斬釘截鐵呢？真是有夠無知、有夠粗神經的。這世上明明有很多一輩子不幸，就這樣死去的人。那個人對我、看到我這張臉，也能面對面說出「總會有好事在妳身上發生」嗎？

而且，就算哪天真有期待、開心的事情找上門，對痛苦到現在就想尋死的人而言，一點幫助都沒有。怎麼會覺得「因為總有一天會有好事發生，所以現在雖然痛苦但要忍耐」呢？如果是能為日後造訪的「好事」忍耐的痛苦，就不這麼痛苦了。

總之我想從現在的痛苦中逃開。想做點什麼去面對現在下著的傾盆大雨。用「總有一天會放晴，所以現在不管淋得多溼都沒關係」來安慰因被大雨淋溼而發抖的人，是行不通的。

我要是死了，沒有任何人會為我悲傷。我沒有任何往來親密的朋友。爸爸、媽媽跟姐姐，也會因家族之恥的我死去而歡喜，絕不會感到一絲絲難過。

像我這樣的人對誰而言都可有可無。何況是拯救別人，更是不可能。

那個什麼講師明明不清楚不受眷顧之人的心情，每天過著滿足豐饒、幸福的日子，少在那邊用一副理解的口吻說話。我知道自己非常氣她，無處宣洩的激烈感情，在心中瘋狂迴旋。

我握緊傘柄，低著頭繼續機械性的移動腳步。不知不覺間到了車站，我便順著人潮往剪票口移動。

這時，我被一個從斜後方以極快速度跑來的上班族撞到，衝力讓我腳下踉蹌，沒辦法重新站穩，就這樣倒在地上。

車站剪票口前鋪設的磁磚，因許多沾在鞋底上帶進來的雨水，整片都變成又溼又滑。摔了一大跤的我，裙子、腳、襪子，當然都全溼了。寒意從腳下緩緩往上爬。

我就這樣一屁股坐在地上，呆呆地看著眼前數不清的如織行人。

明明就有這麼多人，卻沒有一個人看我。我就像是身處被看不見的界線所包圍的地方，活在跟他們在不同次元的人類。

空氣變得稀薄，我反覆輕淺的呼吸。即使如此，呼吸也一點都無法解除我的痛苦。自己的呼吸聲在耳膜內側迴盪，非常刺耳。

誰都沒有注意到我的存在，對任何人而言都可有可無。這是理所當然的，因為我既沒有存在的價值，也沒有活著的意義。

這樣的話，沒關係，我這種人，已經──。

「千花。」

突然落下的聲音，打斷我的思緒。我緩緩環視左右。眼前看見的，是留生。

「怎麼了，妳沒事吧？」

我的思考一下子回到現實，腦子沒有跟上。

站在我身邊的他，不管自己的褲子會弄溼，毫不猶豫地單膝觸地，湊上來看著我。

「跌倒了嗎？有沒有受傷？」

我鈍鈍的腦子裡，想的是好久沒有聽到留生的聲音了。

「……沒事。只是沒站穩坐在地上而已，也沒有受傷。」

我喃喃自語般回答後，他笑著說「太好了」。

深深、深深的海底裡，照進一束光。我被這樣的幻覺包圍。

「這邊很危險，先移動到別處吧，能站起來嗎？」

「……嗯。」

我靠著留生扶持緩緩站了起來，就這樣被他領著，走到沒有人潮的公共電話旁。

「妳沒事真是太好了。」

他溫柔的微笑著說。

我心中洶湧的波濤平息，腦中糾結成一團的絲線解開，胸中感動得溫暖起來。

「……為什麼？」

我沙啞的聲音從唇間流洩而出。

「留生你，為什麼，要跟著我這種人呢，為什麼要對我這麼好呢？」

我幾乎是在無意識之間問出口的。

雖然一直覺得很不可思議，但說不出口的疑問。從第一次和留生見面開始，他就一直在我附近沒有離開，還對我這種人溫柔微笑以待。我從沒有遇見過這樣的人。

沒有人看見、沒有人在意，宛如透明人的我，只有他發現、跟我說話。我衷心覺得不可思議。

「為什麼留生要待在我身邊……？」

我像是從瀏海的縫隙中偷看他似的抬頭看他。想知道答案，又怕知道答案，混雜著緊張與期待，心情複雜。

留生出乎意料似的微微睜大眼睛，然後緩緩眨了三下。

「那是……」

才要說就語塞。微微垂著眼，一副思考的樣子之後，他再度抬起眼來緩緩開口。我壓抑著加速的心跳等待著答案。

「……因為義務。」

我懷疑自己的耳朵。他說的是義務吧，我沒聽錯吧？

我完全沒想過他會回我這個詞，啞口無言的凝視著他。

「……義、義務……？」

「對，義務。因為我有保護妳的義務。」

我一下血氣上湧、怒火燃燒，心臟因不愉快的感覺而重重跳動。

什麼鬼？這沒說出口的喊叫在我心中奔騰。所謂義務指的是什麼？其實根本不想和我在一起，只是因為某個理由，所以義務性的留在我身邊？我不懂是什麼意思。

大受打擊的事實，讓我自嘲的笑了。是的，在我心中某處期待著，期待著他回答是因為對我抱有好感這樣的答案。

也太自以為是了啊，我。以為會聽到「因為喜歡妳所以跟著妳」的答案嗎？愚蠢到好笑。為什麼能期待有人會喜歡我呢？

我沮喪得無以復加。已經抬不起頭來了。我不想讓他看見我那因嚴重會錯意而驕傲的臉。

「千花……？妳怎麼了？」

留生的手輕輕地搭上我的肩，我反射性的撥開。

「夠了。」

我就這樣低著頭開口。

「不要再接近我了。我不知道所謂的義務是指什麼，但請你以後也不要跟著我跑。真的不要，我不行了，感覺很差。」

我盡可能最大限度的使用自己所知的語彙，挑傷人的話說。

我不希望他再與我有接觸，我不想再期待了。沒想到期待落空，會是這麼痛苦的一件事。

週末總是憂鬱的。爸爸休假在家，大吼大罵的聲音白天就會響徹全家。媽媽被爸爸罵之後心情很差，到處遷怒。留在家裡並非明智之舉。

因此我準備去平常去的圖書館，不過今天是休息日，所以我不管去哪裡都很難喘口氣。而且進入黃金週假期後外面應該到處都是人，感覺也不能輕鬆愉快的出去閒晃。
樓下傳來爸爸一如往常的咆哮聲。媽媽一邊刻意弄出響亮的聲音一邊洗碗。
腦中瘋狂迴旋的聲音讓我思考一片混亂。吵死了吵死了，腦子像要壞掉了。
我無法忍受，沒辦法待在這裡了，從家裡跑了出去。在路上隨意亂走。
到底過了多久呢？回過神來時，我已經走到幾乎沒來過的區域了。雖然有幾次曾坐車經過，但自己走過來的話倒還是頭一遭。
在我徬徨無措地在路上隨意走的時候，經過了一家小小的照相館，看見倒映在裝飾著示範照片櫥窗玻璃上的自己。身穿鬆垮垮的家居服，腳穿涼鞋，沒拿包包，連錢包或手機都沒帶，在大白天的街上，是相當怪異的模樣。
附近人雖不多，但還是有幾個人經過。就這樣待著說不定會引人注意，我想，去人多的地方應該就沒事了吧？於是邁步往聽得見車聲的地方走去。
走了一會，到了人多的地方。這麼多的人，即使有少數穿著打扮不自然的人，反而不容易被注意到。
我在掛了公休日牌子的店前，抱膝坐下。從瀏海的縫隙當中看著眼前經過的人車，心情像在水槽底部觀察玻璃另一端熙熙攘攘的人類活動的金魚。
就在我呆呆等待時間流逝的時候，太陽西斜的角度變小，街上開始染上淡淡的黃色。忽然覺得肚子餓，這才注意到我從今天早上開始就什麼都沒有吃。

這麼說起來，以前也發生過這樣的事啊，我想；想起和留生初遇那晚的事。

在冬季的雨夜裡，閃亮的水滴彷彿流星一般墜落，我在公園的一隅因寒冷與飢餓蜷縮著，忽然注意到有一把遮雨的塑膠傘，抬頭一看，好看得猶如夢一般的陌生男子正看著我微笑。

明明是第一次見面，他卻說了「終於找到妳了」、「我來晚了，抱歉」這種不明所以的話。有點毛骨悚然，不過留生是第一個對在黑暗中淋了這麼長時間的雨、因全身溼淋淋而生寒的我溫柔微笑的人。我雖然不知道他為什麼會擔心我，但他對我而言是唯一救贖的光這件事，的確是事實。

即使如此，我仍為了傷害留生而刻意說一些難聽話、絕決地遠離。那天之後，他沒有再靠近我。儘管時不時會感覺到他的視線，但沒有找我說話，也沒有追到我看得見的範圍裡來。

像開了一個巨大的缺口。不過這是我自作自受。

自以為是的期待，自以為是的得意忘形，自以為是的覺得被背叛的我，是有責任的。

明明是自己有錯在先，還單方面傷害了他，我真是有夠自私。

想見他，我想。想道歉，去見他吧。我是第一次對其他人有這樣的想法。

我站起身，邁開步伐。可不曉得該往哪裡去。這裡對我而言是相當陌生的街區，更何況我也不知道留生在哪裡，只能沉默地一直往前走。

然後，在腳都沒感覺的時候，我注意到自己走到了一個好像見過的地方。無數高到抬頭都看不見頂的樹木佇立著。我不記得我來過，但不知道為什麼有印象。

是小時候來過呢，還是看過電視、照片呢？儘管記憶模糊，不過卻有種非常懷念的感覺。

過了一會，我注意到這是通往湖之森的入口。我應該沒有來過。但有某個東西牽動著我的心弦。

我覺得不可思議，左右環顧，在大約一百公尺左右的前方，發現一條應該是通往森林深處的路。

就在我呆呆望著路的時候，注意到有個人影從那一頭走過來。我定睛一看，從鮮亮得宛如沾了水似的黑髮和纖細的身材看，立刻就知道了。是留生。他和我們第一次見面時一樣，只穿著白襯衫和牛仔褲這種簡單的服裝。

這真是奇蹟，我想。碰巧遇到了想要見的人。

但是，我雖然想要開口打招呼，喉嚨卻像被什麼東西綁住了似的發不出聲。是因為他散發出的感覺和平常不同。

總是帶著溫和笑容的留生，露出非常驚慌、絕望的表情。走路的方式也跟平常緩步慢行不同，像在趕什麼似的走得很快。

結果我就這樣沒有出聲，只能看著他消失在森林深處。

我思考了一會，鼓起勇氣邁開步伐。我第一次踏進從出生伊始就理所當然般在我附近，可卻連走近都沒有過的湖之森。

高得要抬頭看的樹梢遮去了開始傾斜的陽光，森林中幽暗得讓人心驚。周邊飄散的空氣比外面的溫度稍低，有種潔淨無瑕的感覺。但是，我不知道為什麼背脊發涼。即使覺得不對勁，我還是踩著碎石子，沿著留生走的路前進。

走了一會，發現獨自站著的留生。他的對面似乎是湖，有種水面反射著光的感覺。

想著這次要出聲打招呼，我走向留生。不過在能看見他表情的位置時，我不由得停下腳步。

他面向湖面佇立，祈禱似地閉上眼睛。那張側臉非常認真，不是個適合出聲搭話的氣氛。說不定我看到了不該看到的東西，知道了他不願意讓人知道的事。我注意到這點，一下子覺得恐怖起來。

我放輕腳步聲離開現場，之後便一口氣衝出去，將湖之森遠遠拋在腦後。

# 6 你朝我伸出的手

——如果妳的眼睛看不見，我就給妳我的眼睛。

第二天天氣很糟。一大早大雨就下個不停，雨大到宛如整個世界都泡在水裡似的。
我從窗簾縫隙往外看，街上暗到看不出是大白天。就算點了燈，房間的角落還是幽暗的。
雨聲充滿整個空間，像是瀑布的奔騰水聲。到處都是嘩啦啦的聲音，反而什麼都聽不見的感覺。我在喧囂的寂靜中，呆呆地看著攤開的教科書，心情就像沉在湖底似的。

我的書已經被丟光了，無書可讀，所以就把日本史教科書當課外讀物攤開，但完全無法集中精神。昨天留生的模樣立刻浮現在眼前。

那究竟是怎麼一回事？我不知道是第幾次陷入思考，想轉換心情喝口水，便下到一樓。

就在要打開連接廚房的門時，傳來有東西摔破的聲音，突如其來劃破雨聲的寂靜。接著是爸爸大罵的聲音。

就在我想著啊啊，又來了的同時，心卻異常般的平靜無波，下意識屏住呼吸。

我緩緩看去，爸爸癱坐在客廳沙發上、紅著一張臉瞪著媽媽的模樣映入眼簾。

「為什麼成績這麼差！妳有好好在管小孩嗎？女兒成績差成這樣，我會被人怎麼想!?」

成績差，聽見這個詞時，我立刻察覺到爸爸是在講我。我在最糟糕的時間點過來了。

要是在家裡也能跟在學校一樣，當個透明人就好了。要是家人都不會注意到我的話，我就不會被罵、被斥責、被當白痴就過去了。

「為什麼妳跟千花都只會讓我丟臉？能給我長臉的就只有百花而已！」

爸爸非常生氣的說。媽媽跪坐在爸爸眼前，反覆地說著「對不起」。

「為什麼千花跟百花差這麼多，跟我也完全不像。我以前就猜想過，她八成是妳外遇生下來的小孩！不然解釋不通，我不覺得她是我的女兒。」

咦？我瞬間想出聲。以前從未聽過這種話，心臟因討厭的感覺而狂跳，冒出冷汗。我不自主吞了口口水，喉嚨發出的咕咚聲，在耳朵深處異常響亮。

「而且，生下來就帶著這麼醜的胎記，連帶出去都覺得丟臉。一定是妳懷孕期間做了什麼對胎兒不好的事情吧？」

不能再聽下去了，我心中的警戒信號閃爍。我設法移動宛如沉在泥沼當中的沉重身體，想離開現場。

可是，媽媽從一直開著的門的縫隙發現了我。她的臉瞬間憤怒扭曲，迅雷不及掩耳的站起身迅速跑過來。

「妳在偷聽什麼啊！」

「……抱歉，我是碰巧，」

「囉嗦！不要每次都找藉口！」

彷彿刺穿耳朵的尖銳聲音打斷我的話。我不是找藉口，只是說明事實而已，為什麼這麼生氣呢？我咬著脣回望著媽媽，她的臉一下子染上怒意。

「什麼啊，這算什麼啊，這種眼神……！」

啊，我回過神來時耳光已經飛過來了，臉上一陣熱，剛好就在胎記的位置。力道讓我腳下踉蹌了一下，撫著右頰。

痛。

我呼地吐氣，等待衝擊力過去。媽媽下手比平常重，挨打的臉頰內側和牙齒深處都陣陣刺痛。

「妳！是不是把媽媽當笑話看！」

我低著頭忍受疼痛，頭上歇斯底里的聲音不停落下。

「說什麼夫妻相處不睦離婚就好了，妳是在嘲笑我吧!?」

下一個瞬間，耳朵附近又是一記耳光。晚了一點，疼痛來襲。

「明明都是妳害的！」

發狂似的拳頭、耳光從左右兩邊招呼過來，我便抱著頭蹲下。即使如此，媽媽的聲音跟手都沒有停下來。

「都是因為妳，我跟那個人才變得這麼奇怪！」

雖然在等待暴風雨過去，但我拚命不讓自己把媽媽吼叫的內容聽進去。可接連而來的話語，不知道為什麼清清楚楚傳進我的耳中，貫穿頭部正中央似的直擊內心。

「都是因為妳這傢伙出生了……!!」

我腦中有一個什麼東西切斷的聲音。

從某個地方傳來啊啊，我受夠了的聲音。我抱著頭，手開始不住地顫抖。

這時候，傳來有人從樓上走下來的聲音。是姐姐。感覺她站到了我身邊，我稍微抬起頭。

「等一下，媽媽，妳在做什麼？我在樓上掛著耳機都聽得見聲音喔。」

姐姐像不知道發生什麼事似的冷靜地開口。然後看向我。看見我的臉，她形狀美麗的唇小聲地說。

「……做得太過頭了。」

媽媽有點退縮的收了手。我眼角餘光確認到這一點，反射性的站起來，就這樣往玄關跑去。

「等一下，千花!!」

姐姐的聲音從身後傳來，但我這時候已經從玄關大門衝進豪雨當中。

雨大到出了家門的瞬間就從頭到腳溼透。我一邊全身頂著如同瀑布般聽起來十分嘈雜的雨聲一邊跑。

——「都是因為妳這傢伙出生了」。媽媽的叫罵聲在我耳中迴盪。

確實我已經想過很多遍「要是沒出生就好了」。長得這麼醜，沒被生下來會比較幸福。

但是，這種話實際從別人嘴裡說出來，比想像中的還不能忍受。而且，說這話的是生下我的母親。簡直像最後通牒似的。

被雨淋溼的頭髮貼在太陽穴、臉頰、脖子上，衣服附著在身體肌膚上，非常不舒服。雨直接打在臉上，我瞇著眼睛跑，水滴聚集在睫毛上滲進眼睛。

我的頭跟心都溼透，不舒服到想吐。爸爸跟媽媽的話接連不斷出現在腦海中，讓我的心刺痛不已。

我怎麼會生成這個樣子？明明就有外表、性格、能力、家人、朋友都擁有的幸福之人，我卻一個都沒有。為什麼只有我這麼辛苦呢？是上輩子做了什麼壞事吧？不這麼想的話無法解釋。

若至少家人還能接受我這樣的人還好，但連那些人都不認可我，罵我丟他們的臉。如果是這樣的話，沒有出生過就好了。如果是這種人生的話，我想早點結束。明明這麼痛苦，不知道為什麼必須忍耐。

明明死了就會輕鬆的——。

我一邊想著這些一邊走，注意到時已來到了公園前。我因自己的行動驚訝得停下腳步。為什麼我會來到這裡呢？我明明什麼都沒想的，為什麼？

我啞口無言地看著因雨而泛起霧氣的遊樂器材，忽然感覺到背後有人。幾乎要跳起來似的嚇了一大跳，身體大幅顫抖。

我轉過頭，是留生。一把塑膠傘遞給了我，雨打在肌膚上的寒意消失了。相反的，一瞬間變成他淋得全身溼透。

在啪答啪答打在雨傘上的雨聲當中，我們兩個沉默著互相望著彼此。留生微微皺著眉，露出某種悲傷的表情。

「……為什麼？」

我沒有說完的問句，留生以微笑回答。

這時候我突然湧起「被這個笑容給騙了」的念頭。因為他用這種溫柔的表情對我笑，讓我自以為是的犯下了愚蠢的錯誤。我明確感受到就像是渴望人的溫柔似的，胸口揪緊了的痛苦。

像笨蛋一樣，丟臉、想死。

留生說「千花」，把手搭在我肩上。我撥開他的手，大喊。

「……別管我！」

我丟下嚇了一跳的他，再度跑了出去。沒有目的地。哪裡都可以，只要能一下子就死去的地方，哪裡都可以。

我為了要甩開追上來的留生，刻意轉彎、走小路、跑進人多的地方。就在我幾次回頭確認的時候，不知不覺間已經看不見他的身影。我放下心來，稍微放緩速度。

走到了鐵軌沿線的路上，雖然想過要不要臥軌，但外頭有高高的鐵絲網，看起來無法輕鬆進入，加上想到會給很多人造成困擾，於是就這樣走過。

其他的我只想到上吊、燒炭或吃安眠藥這些，不管哪一種都得買齊尋死所需的物品，做好準備，需要時間與金錢。現在的我不管哪一項都沒有。

我一邊想要怎麼做才能早一點簡單的結束生命一邊盲目的往前跑。回過神時，發現自己到了湖之森前面。

就是這裡了，我想。我幾乎是無意識地，朝著森林深處跑去。

有頭頂上的樹梢遮掩，打在我身上的雨稍微弱了點。我氣喘吁吁地跑在昏暗的路上。跑一會後碰到樹木與樹木間沒有遮蔽的地方，我再度被雨水包圍，微溫的雨水打在因全身溼透而遍體生寒的身體上，奇妙的舒服。

我眼前開展的，是被濃密綠意圍繞的美麗大湖。現在雨打在水面上，浮現出無數纖細的波紋。

我沐浴在大雨當中，堅定地覺得這就是適合我尋死的地方了。要死只能趁現在。

反正我活在世上也沒有意義，趁早結束生命一定比較好。這麼一來就不會再難過，也不用再嘗到想吐的痛苦與煩悶的悲傷。可以不再受傷，也可以不用覺得人生絕望。這是很幸福的事。

活到現在，我從沒有衷心覺得幸福過。就算有稍微開心點、愉快點的事情，一見到鏡子裡的自己就像被潑了冷水似的認清現實，喜悅與快樂瞬間消失。

正如某人所說，我的人生在長了這張臉的同時就結束了。如果只是毫無意義的平淡度日，不如早點結束生命。這麼一來就能轉生，下輩子應該能有張沒有胎記的美麗臉龐吧？

做好了尋死的心理準備後，我的心平靜得不可思議。非但一點都不覺得害怕，反而覺得終於能終結痛苦，高興得發抖。

我朝著倒映出雨天天空的湖面，緩緩踏出腳步。站在水邊，背對湖泊。這麼一來，一定能結束生命。

那麼，走吧。

我仰望天空，感覺著雨水從高高的天空落下打在身上，往地上用力一踢。

就是這個時候。從視野的正中間，出現一把輕飄飄浮在空中的塑膠傘。傘就這樣融化在天空中。留生，我的嘴唇自顧自地動了。

與此同時，我被水包圍，大量的泡沫貼著我全身。我知道自己的身體正往湖底沉。

下一個瞬間，像是要割裂水中滿滿的白色泡沫似的，一個白與黑的塊壘跳了進來。

一切看起來都是慢動作。留生像從天而降的天使，朝我游過來。他身上的泡沫，宛如翅膀一般大幅揮動。

注意到的時候，我的身體已經被他完全環在雙臂之中。被緊緊抱住之後，我的手腕被用力抓住，一口氣拉了上去。

從水裡看見的湖面，是不可思議的澄澈藍色。

我的臉出了水面的瞬間，本能的大口呼吸。我有生以來，第一次認識到自己這麼渴望空氣。

留生即使不住咳嗽，還是拚命抓著我的手，把我帶到水邊。他的力道強到指甲宛如要嵌進肉裡，用力握住我的手腕。原來他力氣這麼大啊，我不合時宜地想。

吸了水變得沉甸甸的衣服麻煩得很，我們兩個勉強上了岸。

我只在水裡待了幾十秒，就呼吸困難到難以置信，顫抖著肩膀好幾次、好幾次地大口吸氣。身旁的留生也一樣大口喘氣。

過了一會，當呼吸平穩下來的時候，他溼透的臉緩緩轉向我。在我說話之前，他突然探出身，把我緊緊抱住。

「……不可以，千花。」

痛苦的聲音在我耳邊低語。

「妳不能這樣……。」

我因想撥開留生的手站起來而掙扎，結果反而被他抱得更緊。

「不可以，不要，拜託妳。」

他非常害怕的樣子，顫著聲音，著了魔似的無數次反覆說著。

我直覺若不這麼說的話他大概不會放開我，就小聲地說「嗯，我知道了，知道了啦」。過了一會，我身上的禁錮緩緩鬆開。

呼吸還有一點亂，所以我們沉默地面對面。在我覺得快被沉默吞噬的時候，留生忽然開口。

「——妳想死嗎？」

微弱的聲音。低垂的睫毛上還積著透明的水滴。他緩緩眨眼，一顆水珠隨之滴落。

我呆呆地回答「嗯」。

「……我已經，很累了。」

話語從脣瓣間落下。話說出口後，我第一次真真切切地感覺到，啊啊，我好累啊。

「為什麼？是什麼讓千花這麼痛苦？」

留生的表情沒了平常的笑容，而是悲傷的扭曲著。我覺得不能對這樣的表情撒謊，便誠實地回答「全部」。

「全部、全部，都好討厭……。」

話一說出口，我的淚水像潰堤似地奪眶而出。沒辦法承受，像丟到留生身上似地一口氣把自己的心情吐露出來。

家人們都討厭我。爸爸總是醉醺醺地大吼大罵，只讚美、疼愛姐姐，不把我跟媽媽當一回事。媽媽無法違逆爸爸，無論爸爸如何破口大罵都默默忍受，之後遷怒到我身上。姐姐非常優秀、可愛、開朗，和我完全相反，所以討厭有我這種妹妹。

然後我一出生就帶著這個醜陋的胎記，所以討厭看見自己的臉，也討厭別人看我的臉，無法抬頭挺胸地活著。所以沒辦法交到朋友，不被任何人重視也不被人所愛。這麼空虛的人生，如果只能痛苦的終結，不如早點自我了斷，所以想尋死。

我沒有跟任何人、連和家人都沒說過的想法，全部、全部都說出來了。我也討厭被人知道我在意胎記而同情我，所以對誰都說不出口。但是，我真的，很討厭自己的臉。從我懂事開始，我就一直希望這張臉能消失。我這輩子都在詛咒自己的臉。

留生像是說話、呼吸、連眨眼都忘記了似地，一動不動地聽著我感情用事、亂七八糟的話。

稍微冷靜一點後，我降低語調，繼續說下去。

「……之前，不是有過演講嗎？在體育館，聽一個自殺女孩的故事。」

留生微微點頭，我抱膝而坐。

「那個演講的人不是說了……她說，繼續活著一定會有好事發生，所以不能尋死，如果死了會有人傷心，所以不能尋死，一定有人需要你，所以不能尋死。」

他再度用力的點頭。

「聽了那些話，我真的非常火大。就算這麼說，也不會有繼續活著的希望啊。不會有人需要像我這種愚蠢陰沉的醜人，我這種人沒有存在的價值，也沒有存在的意義。我好生氣，一點都不懂我們這種人的心情，不要說這麼不負責任的話啊。」

一想起那些話，我心裡就湧起怒意。我知道她很努力的想阻止別人自殺，但我反而有種神經被踩爆的感覺。

活著會有開心的事、愉快的事、被人需要、死了會有人難過，是只有運氣好的人、被選上的人才有。

不是這類人的話，只會遇到辛酸、悲傷、痛苦的事情，不可能被任何人需要。

「我這種人不會被任何人需要，我死了也不會有人難過，反而家人會覺得包袱消失鬆了口氣。我自己都討厭自己，像我這種一點用都沒有，只會帶給人困擾招人討厭的人，沒有活著的意義，早點死了比較好。」

我全部傾吐出來了。把宛如囤積多年的沉澱物般泥濘不堪的感情倒出去，我的心已經空蕩蕩的了。

呼地吸了一口氣時，留生嘆息似地低語「不是的」。我看向旁邊。

「不是的，不是這樣的。」

留生的眼眶裡帶著淚。我嚇了一大跳，發出「欸」的聲音；為什麼他在哭呢。

留生緩緩轉頭看向啞口無言的我，因淚珠而斑斕的美麗眼睛直直看著我。

「妳可以繼續活著。」

留生咬著牙說。

「就算真的不被任何人需要，也可以繼續活著的。什麼忙都幫不上也好，比如被世界中的人所嫌棄也好，一整天都沒有跟任何人說話也好，孑然一身的人也好，連爸媽都不疼愛的孩子也好，自己不在了也不會有任何改變也好，死了也沒有人會為此悲傷也好，都可以繼續活著。」

聽見意料之外的話，我不知道該說什麼。

如果是每個人都會被愛、被人所需要這種輕巧的漂亮話，我已經聽很多次了。但是，不被需要的人也能繼續活著，我是第一次聽到。

「因為人並不是為了幫助別人、讓別人開心而生的，是為了自己而活的。在這個前提上或許能幫到其他人的忙，但首先要為了自己而活。」

留生的語氣充滿肯定。

「人即使沒有存在的價值，不被人需要，也可以繼續活著。因為存在價值是他人賦予的東西，但生存意義卻是從自己心裡湧現的東西。妳的生存意義不需要別人認同，活下去不需要什麼許可。」

他完全沒有移開視線的繼續說，是一種直直刺進內心深處似的，非常認真的眼神。像是要用自己的話以某種方式影響我似的。

「我不覺得『因為有人會難過，所以生命很重要』喔，沒有人會難過的孤獨之人的命，怎麼想也是很重要的吧？如果有人說因為那個人沒有家人、沒有戀人、沒有朋友所以可以去死，會覺得很奇怪吧？」

聽他這麼一說，我也慢慢有這種感覺了。

真不可思議。那麼瘋狂的情緒，沉入深深、深深絕望之淵中的心，越聽留生的聲音，越是驚人的漸漸變得平靜穩定。

「我雖然也不覺得『生存意義』有什麼不得了，但如果有這種東西的話，我覺得在出生的瞬間開始就有。人誕生到這個世界的同時，就有了那個人的容身之處，賦予生存意義。不管發生了什麼，出現什麼變化，容身之處也好意義也好，都不會被別人奪走。活著這件事，就是這樣繼續活著。」

我把一切負面感情說出來後空蕩蕩的心，因為留生宛如發出白色淡淡光芒般的溫柔話語，慢慢的被填滿。

我忽然有種心裡某個地方放鬆了的感覺，注意到的時候，視野裡已經泛起淚光。

「妳真的，真的想尋死嗎？為什麼會想尋死呢？」

留生單刀直入的問。沒能立刻回答，我緩緩眨眼，回望著他。

「如果想尋死的話，那真的是『自己為了自己』才想尋死的嗎？」

我嚇了一跳，屏住呼吸。這是我沒有想過的視角。

「如果活出自己的人生，覺得已經夠本了，想做的事情全部都做完、人生目的已經達成了，已經能很明確的說沒有遺憾，因此說想尋死的話，我覺得自己降下自己人生的帷幕也無妨。但是，如果不是這樣，是覺得他人看來沒有生存意義、沒有存在價值、不被別人需要、對別人沒有幫助這種他人給予的評價中想尋死的話，我覺得沒有比這個更可惜的事情了。如果妳自己有某個活下來的目的、想做的事情的話，一定是活著比較好。妳還活著，也就是說那裡仍然有妳生命的容身之處。」

他的話，讓我輕輕地按住自己的胸口。

我生命的容身之處，我生存的意義，就在這裡。不是別人給我的容身之處，而是我活著所以有的容身之處。

「如果妳不是因為妳自己而想尋死的話，可以繼續活著。如果妳想活著的話，可以繼續活著。可以不要在意其他人的繼續活著。」

很像不在意周圍的眼光，不被別人的意見左右的留生會說的話。

我想繼續活著嗎？我想的儘是尋死，從來沒有想過我是不是想活。

在我沒辦法立刻回答而陷入沉默時，留生一下露出笑容。

「千花之前說過的啊。」

我眨眨眼後反問「什麼？」。

「在圖書館裡，妳跟我說過每天有兩百本書出版，世界上有一億本書對不對？我非常感謝那些話，所以記得很清楚。」

這麼說起來的確說過，我想起以前的事。

留生不知為何似乎非常開心的笑著說。

「那時候，千花是這麼說的吧？一想到這個世界上還有很多自己不知道的書，就有點期待。一想到千花的生活從此以後有了期待的事，我非常開心。」

「……為什麼留生會開心呢……？」

我有點害羞，說了討人厭的話，但他笑著反覆地說「我很高興」。

我把下顎靠在膝蓋上想著。關於還不知道、還沒有遇見、還沒有讀過的書。

這麼一想，我想起來下個月我喜歡的作家要出新書了，然後，也想到有幾個想繼續追的系列作品，腦中也閃過還沒大結局的漫畫跟電視劇。

至此，我第一次發現，或許我並不想死。只是不被他人所愛、不被人需要的辛酸太強烈，但卻不能說是自己的人生已經沒有牽絆、可以尋死。

「這樣啊……我，或許，不想死吧。」

我覺得一切都清晰起來了。我不是想尋死，而是覺得活著很痛苦。覺得活著很痛苦只能尋死。

可是，並非只有痛苦。即使是這樣的我，其實也還是有期待的事物。

想到或許我不是非死不可，我甚至覺得鬆了口氣。

我曾經覺得自己的存在毫無意義、沒有價值，死了比較好。但是，不該是由他人的看法來決定自己的生命。

「……嗯，是啊。我並不想死。」

我小聲地一說，心變得輕鬆起來。是託了留生的福，才讓我有這種感覺。

我莫名想放聲大哭，從心底湧起淚水的感覺。但我拚命鼓勵自己必須要先道謝而看向旁邊時，瞬間一句話都說不出來。因為大顆的淚珠從他漂亮的雙眼中，點點落下。

「欸……留生……？」

因為他哭得太過，我嚇了一跳，眼淚瞬間收了回去。

「你還好嗎……？」

我小心翼翼地問，留生咬著脣，用帶著哭音的聲音說。

「……太好了。」

他發自內心放下心來似的低語。

「太好了……這麼一來，我，已經……。」

接下來的話因為他的聲音太啞，我沒有聽清。我不知道該怎麼做才好，只能默默地輕撫他的背。

沒多久後，我覺得剛剛還執意尋死的我跟安慰阻止我尋死的他實在奇怪，噗哧笑了出來。注意到這個的留生抬起溼漉漉的眼睛，和我一樣笑了。

在無人森林深處的湖邊，倏地響起我們的笑聲，有種天空一下子放晴感覺的我抬起頭，留生也一樣抬頭望向天空。

不知不覺間雨停了，厚厚的灰色雲朵隨風而逝。然後，從雲隙間射出的光芒，割裂雨後的天空。

太陽從雲隙間探出頭，耀眼的陽光照亮整個世界。殘留在濃密的綠色植物與腳下花草上的無數水滴，一顆一顆沐浴在光亮中，發出純白的光輝，宛如鑽石散落一地般。

夕陽時分的太陽光帶著紅，整片天空交錯著水藍色與淺粉色宛如大理石般的花紋，平靜無波的湖面宛如鏡面般，清楚地倒映出天空的模樣，看起來就像兩倍的天空似地的。

一看腳下，湖水驚人的通透，連底部的小石頭都能看得見。浮在湖面的枝葉影子，在染上淺藍與淡淡黃綠色的水底上反射出藍色。

「好美啊……。」

我不由得低語，旁邊的留生點點頭。

「……留生，謝謝你。」

莫名覺得害羞，我看著倒映著鮮亮天空的湖面說。留生回「不客氣」後看著我。殘留的淚水沐浴在陽光下，閃閃發亮。

感覺世界一下子明亮起來。我有點骯髒又陰暗的世界，因為他的一番話，確確實實地開始蘊含著光亮。

這之後，覺得立刻就說「那我們回家吧」很奇怪，而且也有種遺憾的感覺，因此兩人不約而同在湖畔並肩而坐。安靜地眺望著緩緩變化的天空，以及如鏡般倒映著景色的湖面。

可能是放鬆下來，我忽然覺得冷，背脊微微發抖。留生發現什麼似的看著我，然後像想起什麼事似的說「對了」。

「等我一下。」

他說完就慢慢的站起來，啪答啪答往森林的方向跑去。路上撿起了塑膠傘，帶回看起來像是被丟下、翻倒在地上的運動背包。

「特意拿來的，結果忘了。」

他從裡頭拿出某樣東西，在我眼前蹲跪下來。

是什麼啊，輕輕蓋在好奇的我頭上的，是浴巾。他就這樣唰唰地擦拭我溼透的頭髮。上一次有人幫我擦頭髮，是已經沒什麼記憶的小時候了。

「……好厲害，準備得真齊全。」

我一邊覺得不好意思地低著頭乖乖讓他擦，一邊想隱瞞害羞似地說說話，留生覺得有趣地笑著說「對吧」。

周到得像是知道我今天會有所行動似的，我想。而後又覺得這不可能。

他用擦過我頭髮的毛巾也擦擦自己的頭髮，然後把毛巾往肩膀上一搭，再拿出一條毛巾把我整個人裹了進去。一條乾毛巾，讓我溼透的身體一下子暖和起來。

「謝謝。」

我是第一次被人這樣無條件的溫柔以待，連心都暖呼呼的。

我囁嚅著說，留生衷心高興似的對我微笑。

「不冷嗎？」

「嗯，完全不。留生沒事嗎？」

「沒事喔，我怎麼說都是男生嘛。」

我雖然從他身上感覺不到什麼陽剛之氣，但想起他剛剛強而有力地把我從水裡拉上來的模樣，我一下子不知所措起來。

我裹著毛巾抱膝而坐，尷尬地看向湖面。轉眼間太陽下山，湖面上的藍天顏色已經變得很深。東方天空更是已有濃濃的夜色，星星開始點點閃爍。

這麼說起來，和留生相遇的那一天，落下的雨滴看起來也像流星。我一邊想一邊眺望著夜空，身旁的他突然說「今天啊」。

「是星辰墜落的日子。」

宛如讀心般的話讓我嚇得轉過頭去，留生笑了。

「是流星雨喔。」

他的話，讓我想起之前電視新聞播報過「黃金週能觀測到水瓶座 η 流星雨」。

「這樣啊。今天已經看得見了嗎？」

被濃密綠意圍繞的湖泊周圍，因為樹林遮蔽，街道上的燈光照不過來，所以很多人來這裡拍星空。說不定在這裡可以看到流星。

「好想看看喔，流星。」

我不由得低語，留生盯著我看說「要不要去看？」。

只是我一個無意識、一時興起的話，但他回答我時，突然變得非常真實。

對啊，如果我想的話就能看見。有種心裡豁然開朗的感覺。

「……想看！我還沒看過流星！」

留生笑著說「這樣呀」。

「在這裡等的話，一定能看見。」

嗯，我點點頭。而後滿心期待地看向夜空。

但是，雖然我雀躍地等待著不知道什麼時候會有的流星，寂靜不已的天空卻沒什麼變化。是因為西邊天空還亮著吧。

「不會這麼快就掉下來的啦。」

留生覺得有趣地說。

「說得也是……。」

「還沒有到流星雨的高峰期，所以我想今天應該不會有很多流星，耐心等待吧。」

嗯，我點點頭，之後抱膝坐著，再度仰望天空。即使如此，流星果然沒有出現，看來真的會變成長期抗戰。

「……好閒喔。」

沉默並肩坐著，只是直勾勾的抬頭看夜空，總覺得詭異，我不由得開口。

「那，我們一邊聊點什麼一邊等吧。」

「聊天……。」

是我不擅長的領域。但也只能這樣了，我想。

「千花，說點什麼吧。」

「欸欸——為什麼是我？」

我低眉看著留生。

「我想聽千花的故事。」

他笑著說。想要聽我的故事什麼的，留生果然有點奇怪。

「但是，我沒辦法說什麼有趣的話唷。」

「這樣的話，也可以問問題啊。」

「問留生問題？那麼……啊，留生平常在家都做些什麼？」

我一臉好奇的歪頭托腮。

「嗯——沒特別做什麼……啊，最近，我一直在寫故事。」

故事，我不由得重複他的話，之後想起來。

「啊啊，那個作業嗎？我也得寫了啊。留生趕得上交作業的日子嗎？」

「我已經寫完了。」

他乾脆的回答，我不由得大動作看向旁邊的他。

「欸，已經寫完了？那，我想看！」

「上午在圖書館寫，所以我現在帶在身上。」

「欸，真的嗎？我可以看嗎？啊，但要是讀了，說不定會漏看流星……。」

而後留生用力的點點頭說「沒關係」。

「我唸出來，千花一邊看天空一邊聽就好。」

「可是，這樣留生就看不到了呀。」

「我沒關係。我已經看過好幾次了，也隨時都能看。」

他乾脆地說。

「這樣？啊，莫非你的興趣是天文觀測一類？」

「那倒不是。」

留生用一種別有深意的說話方式呵呵笑著，從運動背包裡拿出一疊紙張。

「題目是《旅行》吧？」

我確認似地問，他一邊點頭一邊攤開稿紙。

「……會覺得不好意思嗎？」

是我提出的要求，忽然覺得抱歉。給其他人看自己寫的文章，而且是讀出聲音來，如果是我的話搞不好會因緊張而僵掉。但是留生一臉茫然，好奇的問「為什麼？」。

「……留生真厲害。」

果然有點奇怪啊，我認真的想。

對了，他嘟噥之後說。

「我不覺得讓千花聽會不好意思，反而希望妳能聽一聽。」

他對著因意料之外的回答而啞口無言的我理所當然地一笑，說「那，我讀囉」。

「不過與其說是故事，比較像是傳說就是了……。」

留生做了這個開場白之後，在星空下唸給我聽的，是一個以「旅行少年」為題的故事。

# 7 星辰於天空之鏡墜落

——如果妳的耳朵聽不見，我就給妳我的耳朵。

很久很久以前，在某個村落，住著一位男孩。

男孩有一個感情很好的兒時玩伴，從小兩個人做什麼事情都在一起。

滿十五歲的時候，男孩向女孩求婚了。女孩雖然害羞，可還是笑著接受。兩人交換了「即使變成了老爺爺、老奶奶也要在一起，到死都要在一起」的約定，向對方許下永恆的誓言。沒有絲毫陰霾，幸福的度過每一天。

但是，兩人結婚兩年後，恐怖的疾病開始在村子裡蔓延。是一種有半數染病的患者失去生命，即使得到救助，也會臥床不起的恐怖熱病。儘管去鎮上能買到藥，但價格高昂。只能在貧瘠的土地上耕種零碎田地，絕對算不上富裕的這個村子裡，能買藥的人寥寥無幾。

疾病在村子裡蔓延，許多人死去，其中男孩與女孩的父母手足也很快的失去了生命。沒多久後，女孩也病倒了。害怕失去女孩的男孩，用盡自己的積蓄，還是不夠的部分則拚命拜託親戚朋友借錢，想方設法買到了藥。吃了藥之後沒多久，女孩就完全康復了，也幸運的沒有留下後遺症。

這麼一來就能如約一起到老，兩人手牽著手開心不已。可是，還不到一個月，這次是男生因高燒而倒下。雖然女孩也罹患過同樣的熱病，但男孩是比女孩嚴重得多的重症。

藥已經用完，當然也沒有錢買新的。沒辦法再跟親戚借更多的錢，即使女孩在村中四處拜託，在這個疫情蔓延的貧窮村子裡，家家戶戶都有病人痛苦的生活著，沒有一個人伸出援手。

像要燒起來似的高燒持續了十天，儘管女孩全心全意的照顧，男孩的身體卻日漸虛弱，周圍的人都說「這已經沒救了吧」。男孩自己也在意識朦朧中，有了將死的預感。

「對不起，我沒辦法遵守諾言了。」他向女孩道歉。

女孩抽泣著，緊緊抱著男孩大喊。「不要，你絕對不能死！」隨後便跑出了家門。

外面已是深夜，沒有燈火的村子裡一片漆黑。

男孩拖著沉重的身體從棉被裡爬出來，想要追上她，但被疾病侵蝕的雙腿卻無法隨心所欲的行動。

「妳要去哪裡？很危險，快回來！」

男孩拚命的喊叫聲，沒有傳到已經跑遠的女孩那裡。

他的意識，就在這裡中斷了。

再醒來時，男孩的身體變得相當輕盈，病已經治好了。枕邊放著包藥的紙。是怎麼拿到藥的呢？男孩覺得不可思議，往身邊一看，女孩趴在冰冷的床上，全身溼透，身體摸起來冰冷不已。

男孩慌忙抱起女孩，發現女孩白皙的肌膚上有嚴重的灼傷，美麗的長髮蜷縮，衣服上也有燒焦痕跡。

男孩嚇了一跳，立刻想請醫生來緊急治療。但她丟下了句「這是懲罰」這種摸不著頭腦的話後拒絕了。

無法理解的男孩幫女孩換好衣服、讓她躺在棉被上，試著說服她接受治療，可女孩仍然搖頭。男孩無數次持續不懈地詢問理由，女孩終於在燒傷引發高燒的意識朦朧中，將一切全盤托出。

在他們所居住的村子外面，有一座被稱之為「神明之池」的池塘。池畔有座神祠，祭祀池神。池神是擁有無論是什麼願望都能實現能力之神，所以自古就有許多人信仰。國家領主也好，鎮上的富豪也好，村子裡的大地主也好，都向神明祈求護祐，在神祠裡放了許多供品。

女孩說，她是在那裡看見的。

在村子裡的大家都熟睡的寧靜深夜，少女走入池中，去撿被丟入池中、沉在水底的香油錢。但是，就算把這些全部蒐集起來，也遠遠不夠購買昂貴的藥品。所以她打開了神祠的門，偷出裡面的神體（註）與供品。

神體擁有前所未見的美麗淡綠色，是相當氣派的翡翠寶玉，供品全是些昂貴的絹製和服布料以及珍貴的白米。要是拿到鎮上去賣，一定可以換到一大筆錢，一定可以買藥，少女高興得發抖。

可是，就在背對神祠準備從池中離開的瞬間，火球從背後飛了過來，熊熊燃燒的火球貼著女孩，全身被火包圍。

註：神道教中神明寄宿的物品，亦為信眾祭拜之物。

女孩立刻明白是自己觸怒了神明。即使如此，女孩依舊沒有鬆開抱在胸口的東西，被火燒得失去意識。

她在夢中聽見了神明的聲音。

——偷竊神明的東西是大罪，這點懲罰是不夠的。就這樣讓妳被火燒死後，即便轉生，妳也得繼續贖罪。來生也好、再來生也好，都必定過著滿是煩惱的一生，在苦痛非常中死去。我將降下永恆的痛楚予妳。

很可怕的聲明。但女孩回答，即使如此也無所謂，要是能救他，我什麼痛苦都能忍耐。

——現在還來得及，把偷走的東西還回來，這樣我就原諒妳。

即使神明這麼說，女孩還是不肯點頭。

天亮了，從夢中醒來的女孩，就這樣帶著燒傷的皮膚、蜷縮的頭髮，穿著燒焦的衣服，往鎮上走去。然後把寶玉、和服布料和白米賣了，買了藥回到村子裡，讓發燒的男孩喝下去。

聽完整件事情的男孩，知道女孩為了救自己而犯下大罪，導致觸怒神明、受到恐怖的懲罰，無論如何都要救她。不顧女孩不想這麼做，他請了醫生診治，讓她吃藥，拚命地照顧她。

可神明的懲罰非常強大，之後沒多久，女孩就嚥下了最後一口氣。

男孩因悲傷與絕望而終日以淚洗面，過了幾天後，他在心中做好了心理準備。他想起自己聽過，神明給女孩的懲罰並不止於此。

他憑弔完女孩，向應該要把錢退還給他們的人下跪道歉後，帶著短刀往池神神祠走去。

他用短刀割裂自己的皮膚，用流出的鮮血為女孩賠罪。接著將刀刺進自己胸膛，向神明祈禱，希望神明能因自己獻上生命，原諒女孩。

倒在池畔的男生在血海中聽見神明的聲音。神明的憤怒並沒有減少分毫。

——凡夫俗子的命並不能贖愚弄神明的大罪，所以女孩會受到永遠、永遠地，不管轉生多少次，都會持續痛苦的懲罰。

「那麼，我代替她來贖罪。」

男生懇切地拜託。

「我代替她承受給她的懲罰。她是因為我才犯下罪過，所以我應該贖罪。」

男生拚命地陳述。神明的聲音響起，很有趣啊，祂說。

——但只是拿你當代替品也太輕鬆、太簡單了。所以，就這麼做吧。

我給你「永遠」。給你永遠的生命。

這之後即使過了幾百年、幾千年，你都不會老、不會死的一個人繼續活著。

死去女孩的魂魄，會得到新的生命誕生在這個世界上，然後，會因神明的懲罰而過著充滿苦痛的人生，最後悲慘的死去。如果你能在她的轉生受罰而死之前找出她，幫助她度過生命危險的話，她那一世就能免於死亡，可享天年。你能夠按照你的希望拯救女孩。

相反的，你——。

「我知道了，我接受。我發誓我一定會找出她、拯救她，然後代替她受罰。」

男孩醒了過來。仔細一看，刀傷已經止血。男孩因為池神之力，得到永遠的生命，以及不會死去的身體。

之後，男孩的永恆旅程——尋找賭命拯救自己的女孩魂魄之旅，就開始了。

在多如繁星的人群中找出一個人比想像困難，也有努力未果的時候。男孩一邊想著戀人的身影，一邊激勵自己繼續尋找。

神明的懲罰相當恐怖，好不容易找到的女孩魂魄，總是處在異常壯烈的痛苦中。諸如生在極為貧窮的家庭裡被賣到花街柳巷、幼時就罹患不治之症、因戰禍一口氣失去所愛的家人、全家連夜逃走過著被追債的生活。她總是遭受巨大的不幸，因悲傷而一臉驚恐。

也曾有過男生找到她時，她人已經死了。諸如受飢餓所苦而餓死、因捲入火災而被活活燒死、碰到山崩被壓死、從懸崖上墜落、溺死在海中、被馬車輾過，不管哪一種都是非常慘烈的死法。每次男孩都抱著女孩的屍骨痛哭，因強烈的後悔而煎熬不已。

即使如此，男孩還是在心底起誓，這次一定要拯救女孩的轉世，再度朝未來前進。

現在男孩也一定還在某個地方尋找女孩吧？徘徊在無盡的時間當中——。

「故事結束了。」

我驚訝地看著說完故事後，笑著把稿紙闔上的留生。

不知不覺當中，我已經完全忘記要看流星及眺望夜空這件事，而是看向他說故事的側臉。

這是個我沒預料到的，令人悲傷、心疼，且悲壯的故事。

「……好寂寞的故事啊。」

我硬擠出聲音，只能說出這句話。而後留生一臉不可思議的表情反問「為什麼？」。

看他的表情，反倒讓我也覺得不可思議。他不覺得「男孩」永遠的旅程是寂寞的嗎？

「因為『男孩』必須一個人生活在永遠的時間當中吧？身邊的人都因年老而死去，其中只有他一個人得以不變的模樣持續活著不是嗎？這是永遠不會結束的孤獨啊，就像一個人身處黑暗當中……是非常、非常寂寞的旅程。」

我老實地把聽完留生寫的故事後的感想說出來。他不覺得「男孩」的人生很寂寞讓我沮喪，然後因為某種不安，拚命地串連字詞。但他只是淺淺微笑，搖頭否定。

「可是，這麼……。」

「男孩一定不覺得這是一趟寂寞的旅程，反而是開心之旅，因為能拯救所愛的人。」

就在我想繼續說下去時，留生突然指著天空喊「啊」。

「現在，有流星！」

「咦？」

我慌忙順著他指的方向看去，那裡跟剛才一樣沒有改變，是非常寧靜的藍色夜空。

「流星只有短短一瞬間，發光連一秒都不到。」

「騙人，這麼短暫嗎？」

我嚇了一跳，看向留生。

「是喔。雖然很偶——爾會有時間比較長的流星。好啦，為了不要再錯過流星，專心看天空吧。」

留生用雙手包覆住我的臉，讓我抬頭仰望天空。

我嘴上「好啦——」的回覆，心裡卻因突然的接觸而動搖。明明剛才被他抱住的時候不覺得怎麼樣的，現在光是這樣一個輕輕的碰觸卻心砰砰跳，我自己都傻眼。

我最驚訝的，是留生毫不猶豫且自然地觸碰我的胎記。明明連我自己都抗拒去碰觸的。他之前說過「我不覺得妳的胎記很醜」。我原本以為只是安慰之詞，但現在卻冒出了「說不定他是真的覺得我的胎記不醜」這種自以為是的念頭。

被碰觸到的部分熱熱的，我覺得應該是臉紅了，自己告訴自己大半夜的一定看不見啦的設法冷靜下來。

夜深了，黑漆漆的森林另一端，滿天的星空次第開展。無風的凜冽空氣中，無波的水面一片寂靜，像鏡子一樣倒映出天上美麗的星空。

我想起在某本書上讀過，在南美洲的某個國家，有一座叫「天空之鏡」的湖。平靜無波的湖面，的確像鏡子一樣能清晰的倒映出景色。

大概過了幾分鐘，在我呆呆眺望的星空正中央，突然一道白線劃過。短短一瞬間，很細很短，本來以為是眼前有光閃了一下，可立刻便注意到不一樣。

「……欸，現在這個，是流星？是流星對不對!?留生，你看見了嗎!?」

我慌忙看向旁邊，留生對我一笑。

「嗯，剛剛的是流星唷。」

「果然是這樣。嗚哇，是我人生中的第一顆流星。總覺得好感動喔……。」

「太好了。」

他用像是看小朋友的眼神，看著不由得興奮激動起來的我，微笑點頭。直視這麼溫柔的表情莫名害羞，我假裝轉回視線看星空別過臉。

「但是，流星真的就一瞬間耶。那樣沒有許願的時間。」

為了隱藏羞怯，我隨口講了些感想，旁邊的留生稍微縮了一下。然後我聽見細微無力的「嗯」。

是怎麼了呀，我轉回頭，看見留生露出非常悲傷的微笑。

他的嘴唇忽然微微震動，小聲地說「三個」。

「有三個，願望。」

非常認真的眼神，非常悲切的聲音。

「欸？向流星許？」

「不，是向千花妳。妳願意聽嗎？」

我驚訝地睜眼，一邊訝異他對我這種人居然有所求，一邊點點頭。

我這種人能實現別人的願望嗎？儘管不安，但如果是他的願望，給予我許多事物的他的願望，那麼只要是我能力所及，我都想盡可能地幫他實現。

留生呼出一口氣後，平靜的開口。

「……我一願，千花能認識到真正的自己。」

我的腦子沒跟上這意料之外的話語，只能張大眼睛聽他說。

「妳其實是非常強大的人。雖然妳自己可能不這麼覺得，也或許還沒有注意到，但真正的妳，是克服了許多的辛酸痛苦活到現在的。是非常強大、溫柔的人。我知道，也希望妳能明白。」

我沉默著回望他，啞口無言。又是一如往常聽不懂的話，可他的臉非常認真，我一點都沒感覺到他是在撒謊或開我玩笑。

「二願……希望妳知道，在我眼中，妳是比任何人都美麗的女孩。」

「……美麗？你說美麗？我嗎？」

我以為自己聽錯而反問，不過留生用力點點頭。

「妳很美。在我眼中，妳看起來比世界上任何人都美。不管別人怎麼說，不管妳怎麼想，對我而言，妳就是最美的人。」

我驚訝到不知該說什麼，只能坐在他身邊看著他。儘管在他身後又看到一顆流星的亮光，可這次我沒時間去提。

所以啊，留生像星空一樣的眼睛看著我，小聲地說。

「……不要再說自己醜了。」

留生忽然伸手，輕輕地拉住我的手，然後像捧著我手似的緩緩往上，將額頭貼在我的手背上，就像是在祈禱什麼似的。

「我的第二個願望，妳能為我實現嗎？」

我沒能順利擠出聲音，只能點點頭。

「太好了。」

留生一臉真心高興的樣子，然後放下心來似的笑了。接著握著我手的手緊緊用上了力。

「吶，千花，我啊……。」

他吞吞吐吐的，靜靜把話說下去。

「如果妳對我笑，我就高興得想哭，我衷心覺得妳只要活著就好。光是妳還活著我就覺得幸福。請妳不要忘記，這個世界上的確有一個這麼想的人。」

是多麼溫柔的話語啊，這是單純以溫柔建構的話語。他只為了我想的這一點，真切到疼痛地傳達給我。

現在，一定是我有生以來第一次遇到這麼幸福的要求。一思及此，我忍不住泛淚。

「……嗯。謝謝。」

我一邊拭淚一邊抬起頭，留生露出至今最溫柔的微笑看著我。

「之後或許會遇見討厭的事情、辛苦的事情、悲傷的事情，但是，我希望妳活著。這是我最後的願望。」

又有一顆，流星劃過。

「三願……希望妳能好好地活著。即使碰到痛苦到想死的事情，也請務必想起我現在許的願望……。」

留生忽然抱住我，非常有力，但很溫柔，宛若祈禱般的抱著我。

「請妳，活著。繼續活著。即使是……。」

他緩緩地，掙扎而懇切似地說。

「即使是——不在了。」

他用沙啞的聲音在我耳邊低語的話，因為太小聲了，所以我沒有聽清。

「抱歉，我沒有聽清楚，最後，是什麼？」

聽我反問，他只是露出淺笑，搖頭說「沒什麼」。

一陣風吹過，留生的頭髮翻飛。在他瀏海的縫隙間，我隱約窺見傷痕。我不由得伸手去摸，留生像會癢似的笑了。

我也露出輕淺的微笑，而後忽然抬頭看看天空，看見在宛如鏡面的湖上，一顆非常大的流星，拖著長長、長長的尾巴墜落下來。我想告訴他這件事，轉頭一看，留生呆呆望著天空。明明他人在這裡，但不知道為什麼他看起來非常脆弱，感覺好像會就這樣融化在黑暗當中消失。這讓我一句話也說不出來。

——這一天，是我最後一次見到留生。

笑著一邊對著我揮手，一邊說「下次見，千花」的他，就這樣消失，再也沒有出現在我眼前。彷彿打從一開始就不存在似的，忽然消失了蹤影。

只留下那件藍色大衣，還有永遠的故事。

# 8

# 空蕩蕩的金魚缸

——如果妳失去聲音，我就給妳我的聲音。

失去了才知道有多重要，我覺得這是句已經用到爛的陳腔濫調，但真的是這樣。

明明我自己曾主動遠離他、說傷人的話傷害他，可每次看到空蕩蕩的鄰座，還是有種像抱著空空的金魚缸一樣不知所措的感覺，覺得自己是個笨蛋。

「那個——只有染川缺席啊？」

導師從講台上左右看看教室裡的狀況如是說，在出勤本上記錄。

「染川是怎麼回事？」

我聽見前座的男學生小聲地從背後跟他前座的女生說話，不由得拉長了耳朵聽。

「黃金週結束就一直請假，已經一個禮拜左右了吧？」

「欸——更久吧？我覺得他休了快兩週欸。」

「啊——好像是，他以前明明沒請過假的，結果現在卻突然連著缺席。」

「對啊。是怎麼回事——？」

這次是坐斜後方的女孩跟她隔壁的同學小聲地說，我聽得更清楚。

「是拒學嗎？」

「或許吧。但如果是，是什麼原因啊？」

「難道是拒學必備的霸凌？」

「霸凌嗎。啊啊，這人是有點奇怪啦。大概是被誰盯上了。」

「好可憐喔——。」

圍繞著留生這堆不負責任又粗神經的風言風語，我已經聽夠了。我不引人注意的輕輕呼吸，手撐著臉看向窗外。

外面仍然在下雨。最近一直在下雨。雨滴從屋簷啪答啪答源源不絕地滴落。即便是天氣預報說午後開始會轉多雲，但看見窗戶玻璃上流下的水，實在沒辦法相信這場雨會停。

那天，留生救出因長年懷抱的痛苦爆發要尋死的我，送我回家，帶著微笑離開之後，就再也沒有出現過。長長的連假結束，學校開學的時候，他也沒有來上課。

我無法聯絡沒有手機的他，連問他為什麼請假都沒辦法。剛開始的兩、三天，我想他會不會是被我害得淋溼，因此感冒了，一邊擔心著一邊等他回來。但是，經過了一個禮拜，我微微有種他應該不是因為身體狀況缺席的感覺。然後，連導師都不自然地不去多提留生請假的原因，所以知道他是自己要請假的。

留生究竟是誰，我已經不知道想過多少次這個問題了。

儘管感覺一直都在一起，不過現在回想起來，我跟他一起共度的時光，還不到一個月。

他是誰，是為了什麼、因為什麼目的出現在我面前的呢。還有，他為什麼突然一下子就消失了呢？

從開始到最後，和他有關的事物都是一團謎。因為是團謎，所以才這麼在意嗎？

我抱著空蕩蕩的金魚缸，反覆的詢問沒有答案的問題。

我再度嘆了口氣，毫無意義地看著透明的溼答答玻璃窗。

雨似乎還沒有要停的跡象。

「啊，妳回來啦。」

我在玄關脫鞋的時候，從洗手間出來的姐姐跟我打了招呼。我不太習慣因此有點慌，只小聲回答「我回來了」。

「千花，妳最近回來得好早喔。」

「啊——嗯……因為不去圖書館了……。」

留生消失之後，我就不再去圖書館了。我不經意間看了看他以前面對我坐的位置，再次感受到他不在那裡了，結果念書也好、看課外讀物也好，都完全無法專心。

正因為喜歡與他共度的放學時分，所以現在更難涉足有記憶的地方。

「嗯，這樣呀。」

姐姐沒什麼興趣似的點點頭。

過去，碰到這種反應的話，我會覺得「這是討厭我、嫌棄我所以才是這個態度」。

但是現在，我對她的看法有了一點點改變。不是我怎麼樣，而是她本來就對誰都是淡淡的，是個不會深入問到底的性格。別人是別人、自己是自己的畫出一條界線。因此偶爾看起來會覺得有點冷淡無情，僅此而已。

我之前一直認為「被討厭了才被無視」，不過或許是我的被害妄想。現在想想，姐姐和爸媽不同，她一次都沒有罵過我。如今才意識到，這只是我單方面的自卑感，認為優秀的她一定是在看我的笑話。

「啊，那個，千花。」

在我要上二樓的時候，姐姐忽然叫住我。我停下要走進洗手間的腳步，轉過頭去。

「我有朋友給的點心，要不要一起吃？」

「欸，可以嗎？」

「當然是可以才會問妳。」

她覺得好笑地說。以前聽到這種話時，我會覺得「是不是不小心讓她不高興了」而全身僵硬、低下頭去，不過只要好好抬起頭看她的表情，立刻就能知道是自己想太多了。

「嗯……謝謝。」

聽到我坦率的回答，她忽然露出滿面的笑容。

「那，我在上面等妳喔。」

姐姐說完，就咚咚踩著輕快的腳步上了樓。

我能跟姐姐之間的距離縮短到可以用這麼輕鬆的語氣說話，是源自最後一次見到留生的那一天。那一天，跟送我到家附近的留生道別後，我發現雨明明都停了，卻還穿著雨衣站在家門口的姐姐。那異常奇怪的模樣，讓我不由得開口問「妳在做什麼」，但姐姐回答我的卻是「開什麼玩笑！」。我是第一次被爸媽以外的人責罵。

姐姐說，她在我衝出家門後，擔心得一直在家附近到處找。可是找了好幾圈都沒找到我，無可奈何之下只好回家等。我沒想到她竟然會擔心我，什麼都說不出口的難為情起來。

姐姐準備了擦乾我溼透身體的毛巾，之後雖然我說已經不痛了，還是用手帕包了保冷劑，拿給我冰敷被媽媽打的臉頰。

之後我們在姐姐房間說話。

「媽媽真是麻煩。算了，真要講起來爸爸還比較嚴重就是了。爸爸用罵媽媽來紓解工作壓力，媽媽就把被爸爸痛罵的壓力發洩在妳身上。那種人真是沒資格當父母親。」

這一番話讓我不由得啞口無言。沒想到她對爸爸是這樣的想法，我嚇了一跳。因為，她跟我不一樣，總是被疼愛、父母總是以她為榮、總是被誇獎的吧。

我誠實告訴姐姐自己的感想，姊姊垂下眉，自嘲似的笑了。

「因為爸媽疼愛的從來不是我，他們只是想拿我的成績以及周圍其他人對我的評價幫自己臉上貼金而已。只喜歡對自己有利的部分，這真的是愛嗎？實際上爸媽根本沒考慮過我的心情喔。」

姐姐眼神空虛，語氣淡然。

「重要的是他們的娃娃值不值得別人羨慕。娃娃本身怎麼想一點都不重要。小孩只是能讓他們有面子、可以使別人高看他們的籌碼而已。不過是流於表面、單薄且虛假的愛罷了。我們明明想要的就不是這樣，但爸爸、媽媽都不懂。他們不懂孩子不需要『爸爸媽媽以我為榮』，只希望他們能接受自己存在、並且坦誠以待罷了。」

我曾經羨慕過姐姐被爸媽喜歡、疼愛，這是多麼幸福啊。但是，她居然也渴望著爸媽的愛。

知道這件事後，我心裡對姐姐的距離感瞬間縮短。是生出類似「我們同樣是有靠不住爸媽的兩姐妹」這種共同意識與連帶感的瞬間。

「過去真是抱歉。」

聊到最後，姐姐突然這麼說。

「我知道爸媽對妳很不好，但我老是只顧自己。因為不願跟那些人有更多的牽扯、覺得反正他們說什麼都不會懂、想努力念書考到外縣市的大學早點離開家裡，所以裝成拚命念書的樣子。不去看家裡的事，也盡可能不待在家裡……千花明明是我唯一的妹妹，我卻丟下妳不管。」

我慌忙搖頭。儘管我討厭爸媽，可對姐姐除了嫉妒、羨慕、自卑感以外，並沒有其他負面的感情。

如今看她衷心覺得抱歉似的斂去笑容，令我相當不知所措。

「我跟千花不同，不像千花那樣擅長讀懂別人深層的想法、關心別人，只要一集中精神，就會看不見周圍的事物。一直都在念書，避免去想家裡的事。對不起，千花。」

第一次有人對我這麼說，我雙頰發燙。我明明只是在意其他人是怎麼看醜陋的自己，所以才總是窺探周圍其他人的臉色、過分在意別人的目光而已。

從那一天以後，我與姐姐的關係有了劇烈的變化。我以前不喜歡跟長得可愛又漂亮的她站在一起，總是保持距離。不過我回憶起小時候毫不在意別人眼光的那段歲月裡，我非常喜歡姐姐，一直跟在她身後。

雖然還不太習慣，可在曾經以為沒有人跟我同一陣線的這個家裡，有一個能正常對話的對象，對我來說已經宛如奇蹟。

我上了樓，站在姐姐房間門口，姐姐在敞開的門另一頭對我招手說「進來吧」。我點個頭走進去，坐在放了點心的桌子前。

「來吧，想吃多少就吃多少。」

「謝謝。」

我道了謝，姐姐笑著開始剝巧克力點心的外包裝。手邊連裝了熱牛奶的馬克杯都準備了。

我想都沒想過，有一天能跟姐姐一起度過這麼平靜的時光。想著乾脆死了算了而付諸行動的這個契機，竟然有這麼好的變化，真是嚇了一跳。

我嘴裡咬著巧克力不經意抬起頭，看見放在床上裝得滿滿的學生書包。裡頭應該裝滿了教科書跟參考書吧，姐姐今年是考生。

「讀得怎麼樣？」

我幾乎是無意識地脫口而出。姐姐睜大眼睛看著我，一臉驚訝的樣子。

「欸……怎麼了？」

變成問問題的我覺得奇怪而反問。她眨眨眼睛後說。

「怎麼說，千花，妳變了。」

「……有嗎？」

「嗯。妳以前即使是面對家人，也好像有什麼顧慮，不會像現在這樣主動發問。」

的確，之前無論家人做什麼，我都會覺得總之不要去打擾，沒什麼大事的話，絕對不會去跟爸媽、姐姐說話。

「身為姐姐，總覺得很開心喔，妳這個樣子。」

得到這樣的反饋，讓我滿心雀躍，差點坐不住。

「我真的覺得妳變了。而且，妳現在會好好抬起頭，看著對方的眼睛說話了。」

姐姐瞇起眼睛說。

這麼說起來，即使是在學校，我也不像之前那樣老是低著頭。這怎麼想都是受到留生的影響。他一直看著我的臉，直視著我，所以我也沒辦法對著地板回話。多虧了他，我才能逐漸抬頭，看著對方的眼睛說話。

自然而然地想到留生，他的身影在我心中浮現，胸口深處針刺似的痛。但是，我裝作沒察覺到這件事，閉上眼，硬是把注意力集中在和姐姐的對話上。

只能這樣忘記。因為，消失的東西已經不會回來了，失去的東西不會重回手中，所以，只能忘記。

午休時間。我和平常一樣早早吃完午餐，拿出自己的書。

大家都會換位置，和好朋友聚在一起吃便當，但我從入學開始就一直是在自己的位置上一個人吃飯。

留生有來學校的時候，沒有事先說好，但他會坐在我旁邊的位置上，一邊吃著便利商店的麵包或飯糰一邊跟我說話，莫名就變成了一起吃飯的氛圍。

但，現在留生不在。我在吵鬧的教室一隅，一個人動著嘴感受著無比的空虛，儘快吃完飯，一頭栽進書本的世界。

隨著注意力集中，周圍的聲音、說話聲都逐漸遠去。在只有我自己的靜寂中，我耳朵裡只聽到書本翻頁的聲音。

就在我默默讀著鉛字時，從走廊上傳來很大的聲音，我反射性的抬起頭。看見是隔壁班的男生在打鬧。一群總是大聲吵鬧又顯眼的人。

在我剛要把視線調回書本上時，不經意地與從我旁邊走過的女孩對上眼。

我原想立刻別開眼，擺出一張什麼事都沒有的表情假裝平靜。但重新想想，已經很明確的對上眼了，公然無視對方也很失禮。所以我就在對視的情況下盡可能的做出柔和的表情，輕輕的點個頭打招呼。是很不像我的、不熟悉的表情和動作。

是名叫川原，總是冷靜自持、幾乎不跟周圍的人一起鬧，感覺相當成熟的女孩。我當然沒有跟她說過話。即使如此，意外對上眼的尷尬與緊張，讓我一下子慌亂起來。

結果川原同學露出笑容，出乎意料的在我身邊停下腳步。我嚇得僵住。

她在一動不動的我眼前微微彎下腰說。

「藤野同學總是在看書耶。」

我「欸」的睜大眼睛抬頭看川原同學。沒想到她會用這種方式跟我說話，所以一個字都說不出來。她笑著繼續對啞口無言的我說。

「吶，方便的話，可以告訴我妳在看什麼書嗎？」

她指著我攤開的書本如是說。我就在因驚嚇而舉止有些不順暢的情況下，點點頭。

「啊，其實我也經常看書，但最近有種自己喜歡的書都讀完的感覺，想說請教別人開拓一下新世界也好——這樣。」

啊啊，這心情我超懂的。大概是想看的都已經買了，所以我最近即便是去書店或圖書館，也覺得沒碰到什麼喜歡的新書。

或許是跟她有共同的想法，我的緊張瞬間和緩了下來。

「所以，我一直很在意藤野同學平常讀的是什麼書，是不是能介紹我一些好書。」

我再次「欸」出聲音。我以為過去總在教室一隅沉浸在自己世界的我，是沒有班上同學在意的。儘管如此，沒想到她有注意到我，真是嚇了一跳。

「然後，因為剛剛對到眼了，就想說這是個機會！」

川原一邊帶著真心開心的表情做了一個小小的勝利手勢一邊說，我也自然地微笑點頭，接著闔上正在讀的書讓她看封面。

「我很喜歡這位作家，所以常看，這是他最近出的新書。」

「嘿——我是有聽過這個名字，不過沒有看過他的作品。有趣嗎？」

「與其說是有趣，不如說他的作品大多只是描寫平淡的日常生活，但是描寫的方式及手法很獨特，所以我很喜歡。」

「這樣呀，好像不錯耶，下次我也買來看看。啊，可是這個月我得去看個電影沒錢了，等拿到下個月的零用錢之後吧……。」

川原同學垂下眉，做出可惜的表情。我因為不熟悉，心砰砰跳的開口說，「如果妳不介意的話」。

「要借嗎？我快看完了。」

聽到我的提議，她的表情啪一下亮了。

「欸，可以嗎？好高興喔！」

「可以呀，當然。」

「好棒！啊，這樣我借妳我推薦的書當回禮吧？我前陣子看的，主角性格鮮明，非常有趣就是了……。」

如是說的她所講的書名，是我還沒看過的作品。我點點頭說「好想讀讀看喔」，她開心的報以微笑。

「好，那我明天就帶來。」

「謝謝。」

我回答的同時，宣告午休結束的鐘聲也響了，她一邊笑著說「好期待交換推薦書喔」，一邊揮揮手離開。

我目送她遠去的背影，感覺到自己的心跳加速。我想都沒想過，有一天會像現在這樣跟其他人聊喜歡的書，甚至交換推薦書。

是託了留生的福，我想。是因為他無數次、無數次和我說話、笑著面對我，因為他陪在連好好跟人對話都不會的我身邊，我才能一點一點、慢慢地習慣面對人說話。託他的福，我跟姐姐之間的關係、跟同班同學之間的關係也開始變化。

雖然一起度過的時間很短，但留生留給了我非常大的影響。

即使如此，我卻什麼都不能回報他、連好好道謝都沒有辦法的，再也見不到他了。一想到這裡，心底就覺得沉甸甸的。

放學後，川原同學喊住我，說機會難得，交換了聯絡方式。我的手機第一次登錄了家人以外的電話號碼。

心癢癢的又害羞，我拚命壓抑著一放鬆下來就會笑的感覺踏上歸途。路上去了趟書店，物色個新書轉眼又過了兩個小時。即使如此，我興高采烈的心情還是持續著。

但，輕飄飄的心情，在回到家打開玄關大門的瞬間，一下子萎靡下來。從屋裡傳出激烈的聲響與破口大罵的聲音。

與體溫唰一下降下去的感覺一起，世界變得晦暗。「又來了」這種近乎放棄的念頭，以及「有完沒完」的煩躁感同時湧上心頭。

我就這樣半開著門在玄關站著時，媽媽扭曲的臉孔從洗手間出現，發現我之後，更加扭曲。

「妳傻站在那裡幹嘛！灰塵會飛進來的快關上！」

歇斯底里的叫喊聲。我反射性地說「對不起」，關上大門。

在我緩緩脫下鞋子時，抱胸看著我的媽媽，視線停在我左手拿著的書店紙袋上。

「又去買書了？」

明顯不滿的聲音。糟了，後悔的念頭油然而生。為了不被發現，平常都放在書包裡藏好帶回來的，今天碰到和平常不同的事情就失常了，我完全忘記這件事。

「我忙得要死，妳卻不幫忙到處玩，還真開心呢。」

媽媽緊皺著眉頭瞪著我。

平常的話，我只會低著頭藏住臉，等待風暴過去。但今天不知道為什麼，我的心就像被暴風雨侵襲，海面掀起洶湧的浪花一樣，無法壓抑起伏的心情。

為什麼這麼生氣呢？我明明是用零用錢買的，為什麼非要抱怨呢？對這些沒道理的事火氣都上來了。我緊緊咬著脣，手握成拳。

這時候，從客廳傳來爸爸破口大罵的聲音。或許是醉了，口齒不清，不知道他在說什麼，但媽媽嚇得肩膀一震大聲地說「對不起！」。我想是對爸爸的大小聲反射性的道歉，和我一樣。

一想到這點，我莫名覺得空虛非常。只會看彼此臉色、罵來罵去、害怕發抖的家。這樣的家庭，相處在一起有意義嗎？

「趕快進來！」

像是要討回被爸爸罵的份似的，媽媽用嚴格的語調對我說。我就這樣抱著空虛的心情聽話行動。

「有這種時間的話去幫忙洗碗。媽媽今天工作突然加班忙得要死，飯也還沒做，妳怎麼不能幫點忙呢？」

媽媽的碎碎念在我腦子裡左耳進右耳出，但我還是像被操縱了似的，腳自己往廚房走去。

「什麼啊，妳回來啦。」

爸爸注意到我後說。果然手上拿著啤酒罐子。我沒辦法好好說出話，就這樣沉默著站在流理台前。

「還是跟以前一樣陰沉啊，跟妳媽一個樣。要是和百花一樣像我就好了。」

我不想聽這種用嫌棄口吻說出的貶低人的話，就把水龍頭開到最大。儘管流出大量的水，依舊無法消除爸爸的聲音。

「臉是沒辦法了，成績好點至少不會丟臉，但妳什麼都拿不出手給人看啊。」

落在流理台上的水聲，還有真心無言以對的爸爸的聲音，在我腦中如漩渦般混亂成一團。媽媽大概是因為爸爸碎念的對象不是自己而鬆了口氣吧，她的臉色變得不那麼難看，面無表情的開始準備晚餐。

可是，爸爸再次把矛頭對向媽媽。

「都是因為妳沒有好好盯著她！明明就沒在工作，連個小孩都養不好。真是沒用，沒資格當媽媽。」

媽媽不是沒有在工作，她有打工。但是，爸爸從不認為打工是工作。他覺得只有「大公司的正式職員」才是「正經工作」，如同塊壘般的歧視與偏見。想到這種人竟是我爸就不舒服。

母親扯動了下嘴角。看她的側臉，總覺得心底有股紅色的什麼在噗哧噗哧的沸騰。

「真是，兩個人都不講話……有夠陰沉的受不了。」

我想大喊誰陰沉啊？但是，當然沒辦法回嘴。我也好，媽媽也好，還是只能沉默以對。或許是長年來的習慣，爸爸心情不好的時候，什麼話都不要說保持沉默是最好的方法。反駁只是火上加油而已。

即使如此，不知為何我今天沒辦法像平常那樣聽過去就算了。身體裡逐漸湧起的熱，幾乎要撬開我的嘴。

「……至少說點藉口什麼的吧！」

大概是被我們的沉默惹到不耐煩，爸爸突然破口大罵起來。

「有妳們這兩個陰沉的傢伙在，家裡都要長黴了!!」

空罐朝著牆壁丟過去，砸中窗框，金屬聲音直穿耳膜。媽媽嚇得聳肩，我也嚇了一跳，洗好的玻璃杯掉下去，運氣不好砸中盤子，發出尖銳的聲音後裂成兩半。

「盤子破了!?妳給我想想這是用誰的錢買的!!」

爸爸回過頭大罵。

「妳們真是為了惹我生氣而生的啊！靠我賺的錢才能生活下去，至少做好最基本的工作，不要讓我丟臉，不要給我惹麻煩啊!!」

撐持著的最後一條線，繃一下斷了。回過神來，我已經把沾滿泡沫的菜瓜布朝爸爸丟了過去。

過輕的菜瓜布受到空氣的阻力而偏離軌道，雖然完全沒有命中目標，但爸爸一臉驚訝地看著我。我抬起頭，正面面對這個白痴開口。

「……你是夠了沒!!」

喊出聲的的瞬間，我的喉嚨像被切開似的刺痛。大概嬰兒時期的大哭之後，我就再也沒有這麼大聲的發出聲音過了。有生以來是第一次自主的大聲喊話。

喉嚨雖然持續刺微微刺痛，但都無所謂了。我緊緊抓著流理台邊緣繼續說。

「對爸爸來說，家人，妻子或是小孩，是增加自我價值的物品嗎!?能引以為傲啦、丟臉啦，全是這些東西！你到底把我們當什麼!?」

爸爸張著嘴呆若木雞，眼角餘光看見媽媽也是啞口無言。

這是我有生以來第一次反抗，他們當然會嚇到。

我沒有餘裕去思考這麼做的後果。我滿腦子全是之後的事情都無所謂了，總之非得把心中奔騰的怒意宣洩出來。

「不要開玩笑了！我們不是爸爸的附屬品!!我也好、姐姐也好、媽媽也好，都不是為了滿足你的自尊心而生的!!」

我一口氣把累積至今的心情全說出來。就像吹飽氣膨脹的氣球開了個洞，空氣從那裡勢如破竹爆發出來似的。

「媽媽也是！」

我的爆發已經停不下來了。不斷吞忍的憤怒逐漸溢出，無法壓抑，我這次話是對著媽媽說的。

「為什麼總是遷怒我？我知道妳討厭被爸爸罵，但是，我不是媽媽的沙包！言語也好、手也好，被打是會痛會難過的!!」

媽媽半張著嘴，一句話也說不出口似的盯著我看。我一轉頭，爸爸也是同個表情。

我平靜的吸氣，緩緩開口。

「……你們倆，為什麼會變成這樣？」

我忽然想起很久以前，我剛懂事的時候，一家四口一起出遊的事情。在某個大公園裡，整排櫻花樹之間，四個人肩並肩牽手散步。就像墜落沉在幽暗海底深處的寶石一般，在我充滿灰暗過往的生命深處悄悄發光的記憶。我撈起已經完全遺忘的它，抱在胸前。

我閉上嘴，一片沉默。家裡宛如沉入深海中似的靜寂。

這時候，玄關大門傳來喀嚓開門的聲音。姐姐回來了。

「……這什麼，怎麼回事？」

姐姐看看僵著跟爸媽一起站著的我，然後看看掉在地板上的空罐和菜瓜布，一臉訝異的小聲說。我想不出能好好說明的詞句，小聲地低語。

「全部……說出來了。」

姐姐盯著我看，眨眨眼之後，點頭說「這樣呀」。發生了什麼、我說了什麼，那一句話她就懂了吧？我沉默著回望著她，姐姐露出滿臉的笑容。

「做得好！很努力呢，千花。」

姐姐說著跑了過來，砰砰地摸摸我的頭。

「謝謝妳。我是姐姐，其實應該是我要說的，不過千花代替我說出來了。」

溫柔的聲音，讓我慢慢有想哭的感覺，用手掌壓著眼睛搖頭。

我什麼都沒辦法說，傳來姐姐平靜地喊「爸爸、媽媽」的聲音。我抬起眼看她。

「雖然這個是我第一次提……我，打算考外縣市的大學，要是考上就會離家。」

爸媽驚訝地發出小小驚嘆。之前都沒有聊過將來的出路吧。或許爸媽說過要考本地的大學也未可知。

爸爸以前說過「愚蠢的女人當然不講理，但太聰明的女人也狂妄自大。」、「女人學歷太高就不可愛了」、「我沒打算讓女兒去外地」，所以就算姐姐和他聊日後的發展，他也不會認真對待。我想可能是因為清楚這一點，她才會到現在都不提自己的目標學校吧。

「我一直想著要早點離開這個家。只在意面子，不考慮家人的心情，喝醉總會亂罵的爸爸，還有不反抗只是忍耐，用過分的話找千花麻煩的媽媽，我都討厭，不想再見。」

我看見媽媽握著菜刀的手在顫抖，低著頭的側臉滲進苦意；看爸爸那邊，則是一臉不知道在想什麼的表情。

姐姐對一言不發的爸媽繼續說。

「你們兩個根本不把我們當一回事。完全漠視小孩只想著自己的爸媽，不好意思，我不要了。」

雖然平靜，卻清楚乾脆的語氣。姐姐果然厲害，我想。不像我只會說一些感情用事、支離破碎的話，而是冷靜的傳達自己的想法。

「千花也是運氣不好，居然生在這種家裡。要是生在別人家，她一定會變成更加開朗、對自己更加有自信的孩子。在雙親不分青紅皂白否定的狀況下成長，怎麼可能會對自己有信心？」

姐姐一邊摟著我的肩一邊低語。我無意識地用右手觸碰臉上的胎記，那個讓我煩惱、痛苦的醜陋胎記。但是，我發現姐姐從不曾嘲笑我、可憐我。不像我，是我看了美麗的她以後自己覺得自卑，如此而已。

「吶，千花，妳把妳所想的事、累積的事全部都發洩出來了嗎？」

突然被姐姐這麼問，我用力點頭。

「舒暢嗎？」

姐姐笑著說。我再度點頭，心裡想著，對了，這叫做舒暢啊。是我人生至今從未有過的感情。

我靜靜地深呼吸，覺得空氣變好了、世界也變明亮了。原來打開壓抑自己心情的蓋子，因感情爆發而把想講的話全部講出來，是這種感覺啊。真是舒服的心情。

丟下還呆若木雞的雙親，我們上了二樓。在姐姐房門前分別時，她大大的伸展了一下，露出笑容說「啊——真舒暢」。然後重新面向我說「那個啊，有件事我希望妳記得」。

「雖然我之前沒什麼辦法抵抗爸媽，從未保護過妳……但我其實是很重視千花的喔，是到假設有人傷害千花的話，我會想衝去揍飛他的程度。」

我瞬間屏住呼吸，然後笑著回「謝謝」。對著我溫柔微笑的姐姐，眼中緩緩湧出了淚水。

# 9 未曾停歇的雨裡

——如果妳忘記了幸福，我就給妳我所有的幸福。
——如果妳的生命迎向終結，我就給妳我所有的生命。

我現在，站在鏡子前面。有生以來第一次，我從正面面對自己，直直地看著鏡子裡自己的臉，看著臉上這個讓我一直痛苦不已的胎記。

輕撫從額頭開始擴散到臉頰胎記的右手，拿著剪刀。

原本一直都沒有改變，之後應該也不會有改變的生活，出現了很大的變化。我宛如深海一般黑暗靜寂的世界，射進柔和的光，生出溫柔的聲音。這是託留生的福。我開始行動、發出聲音的契機，是留生。

他找到了我，我和他相遇，正是因為他的要求，我變得能抬起頭、能和姐姐說話、能交到朋友、能說出對父母的想法。改變我世界的，是留生。

儘管時間很短，不過和留生共度的時光，比過去十六年我全部的人生都還要有意義。對我而言，留生真的是無可取代的人。

我想見留生。雖然有他已經消失了所以放棄吧、把它當做是已經結束的事情看待吧的念頭，但還是沒辦法。我不在乎這些，只想見到他。雖然見到了想要做什麼、想說什麼話等等都沒有想出一個具體的內容，但總而言之就想再見他一面、看看他、聽他的聲音。

我把右手上的剪刀在眼前打橫張開，下個瞬間完全閉緊。一個清脆的喀嚓聲音響起，同時，剪斷覆蓋我臉部的瀏海。我主動剪斷隔絕我與外界的東西。

就像脫掉一直穿在身上的衣服似的，被不安全感侵襲。可我覺得為了要好好看這個世界，為了不要錯失重要的事物，我非剪不可。

為了這次，由我來尋找找到我的留生。

說起來，這是我第一次找人，所以得先從該怎做才好考量起。

我沒有留生的聯絡方式，也不知道他住在哪裡。我們明明朝夕相處了將近一個月，但我卻對他一無所知。

回想起來，雖然留生跟我說了很多話，不過全部都是為了要引出我的話，完全沒有提到他。只有我開口問了，他才會給最簡潔、最低限度的回答。剛轉進來的時候，班上的同學問了他很多問題時，他也說他沒有興趣、不看電視或電影、不聽音樂，連手機都沒有。

打從一開始就覺得他是個不可思議的人，沒有什麼真實感，好像輕飄飄地浮在半空中似的。教室裡一點他存在過的痕跡都沒有留下，只有一張沒人坐的位置空在那裡。

就像他隨時都會消失似的。忽然冒出來的這個念頭，讓我背脊發寒。可是，這個讓我不安的念頭，在心裡盤桓不去。

莫非留生一開始就打算消失嗎？所以沒有手機，也沒有告訴其他人住址，不和必要以外的人有所關連，不談自己的事情，就這樣在某一天，什麼話都沒說、什麼都沒留下的消失了嗎？

說不定就這樣再也見不到了。我心中瞬間湧現這種不安與恐怖的念頭。

被焦急驅動的我，打算先去學校以外遇見過他的地方，像公園、圖書館看看，因為我也不知道其他留生有可能出沒的地方了。

一個禮拜當中，我每天放學就去圖書館，待到圖書館關門後去公園，等待留生出現。只能等著不知道什麼時候才會來、連會不會來都不知道的人，心情就像站在不知道什麼時候會崩壞的雲端之上。

留生在公園一直等我的那一個月間，也是這麼不安吧？

但是，一如我所預期的，他沒有出現。本來就是他主動從我眼前消失的，當然不會跑到可能會遇見我的地方來。

第一次見面時，留生是這麼說的；他說他一直在找我，終於找到了，抱歉來晚了。即便我什麼都不知道，不知道這些話蘊含了什麼意思，不知道他為什麼要找我，不知道他找了多久，但我知道，他抱著超乎常理的心情尋找我，一定是經過無法想像的努力才找到的。他所掌握的線索比我少得多，找我並不是一件容易的事，即使如此他還是尋找，並且找到我。

這次我來找你喔。我在心裡跟留生說，緩緩站了起來。

這種瞎猜的找法，不管找多久都見不到他。得改變方法，我想。為了見到他，我非得改變不可。

回到家後，發現玄關外面擺著垃圾袋。今天是倒可燃垃圾的日子，但看起來媽媽忘記丟了。

要是在我上學前拿出來的話，我早上就帶走了。我一邊嘆氣一邊拎起袋子，大概是進入五月後天氣一下子熱起來的關係，廚餘垃圾發出味道。要是就這樣放在外面的話可能會引來鄰居抱怨，所以我繞到後面去，把垃圾放在後門前。在心中的小筆記本裡記上後天倒垃圾的日子一定得拿出去。

家裡一片安靜。我喊著「我回來了」走進客廳，媽媽陷在沙發椅上發呆。

我試著再說了一次「我回來了」，但媽媽毫無反應。她表情空洞看著電視，上頭無聲地播放著給小朋友看的卡通，雖然眼睛對著電視，不過顯然是沒看進去。

媽媽最近一直都是這個樣子。從我跟姐姐說出真實想法的那天之後，一直是。

那天之後，爸爸幾乎都不回家。被自己疼愛不已的姐姐批判，應該很傷他的自尊心。

另一方面，媽媽變得整天都窩在沙發上發呆。明明過去不曾忘記過要倒垃圾的，現在卻經常不打掃、沒煮飯，也不做家事。我看到的時候她一直在家裡，說不定連打工都辭掉了。

現在我跟姐姐注意到的時候就用吸塵器吸個地、洗洗衣服，煮白飯然後去買小菜。後悔之前應該要練習做菜的同時，也再一次實打實地感受到媽媽為了這個家做了很多事。儘管總是用斥責、怒罵、遷怒這種恐怖的一面對我，不過現在我重新認識到是媽媽為我們做飯、做便當，為我們洗衣服、掃地、丟累積下來的垃圾，也意識到要是沒有媽媽，這個家會亂成一團。不回家的爸爸，大概還沒有發現到這一點吧。

做這些以前全部甩手不管的家事，我不以為苦，反而覺得應該要幫更多忙才是。只是，我不喜歡媽媽一直處在這種失魂落魄的狀態下。

我站在沙發旁邊，出聲喊「媽媽」。可媽媽果然沒有搭理我。

「媽媽……這樣下去好嗎？」

媽媽嚇了一跳，肩頭震顫，緩緩調轉視線望向我。我直視她的眼睛，深呼吸後開口。

「我改變了喔。因為，我終於意識到非改變不可。」

我比自己想像的要平靜得多，但聲音強而有力。

「為了給我改變契機的人，我要盡可能地努力做到自己做得到的事，希望不讓自己留下遺憾。」

媽媽仍然空虛的眼睛看著我。我深吸一口氣，清楚地說。

「媽媽也得改變。」

我覺得媽媽無力地放在膝蓋上蜷曲著的手指，微微地震動。

「爸爸是一定不會改變的，所以，如果想要脫離這裡，我想只能媽媽這邊改變了。」

即使如此，媽媽也沒有給我回應。

我嘆了口氣，轉身離開。

第二天早上，在我到學校、準備上課用品的時候，聽見從教室的中心位置附近傳來「染川同學」這個單字。在朝會前的喧囂聲中，只有這個聲音，我的耳朵清清楚楚地聽見了。

「好在意喔，他就這樣不來了嗎？」

聲音的主人，是這個班的核心成員，城田同學她們的女孩小團體。留生轉學過來時，她很積極地找他聊天，還給了留生不要跟我往來比較好的忠告。對我而言是宛如天敵一般的人。

「還是，不會來了吧？」

「這樣啊，難得當同學，真可惜。」

「啊，說起來，我前一陣子有看到染川同學唷！」

說這話的是城田同學的聲音。看見，這個單字入耳的瞬間，我的心臟重重一跳。她看見留生了？真的嗎？不是看錯人？我心神不寧，但仍側耳傾聽。

「欸，是喔？」

「嗯，我跟其他學校的朋友出去玩時看到的，他一個人拎著個大包包到處走啊。」

「嘿欸——果然是被霸凌一類的搞到生病了吧？」

我得去。要是錯失這個機會，說不定就再也見不到留生了。

就在我這麼想的時候，我弄出哐噹一聲巨響，從椅子上站起來。周圍的人都在看我，發現是我弄出聲音來，都驚訝得張大眼睛。

好丟臉。但是，我壓抑著心中的羞恥感，迅速朝城田同學那邊走去。她一臉驚訝的看著站在她眼前的我。

我緊咬著唇，深呼吸一口氣後，握緊顫抖的手指開口。

「啊……那、那個，」

我說話的瞬間，城田同學滿臉像是聽錯的表情咦了一聲。這是當然的，我是第一次主動跟同學說話。

我窘到臉幾乎要噴出火來。被面對面盯著看，我還是對胎記被看得清清楚楚這件事有抗拒感。但這話我不能說。

「可、可以告訴我嗎？」

我鼓起最大的勇氣擠出話來，不過看到城田同學楞住的表情，我注意到自己話沒說全。

「啊，抱歉，那個……染川同學的事情。」

張著嘴的城田同學稍微回過神來，然後像是搞懂了什麼似的小聲說「啊啊」。

「藤野同學也不知道染川同學發生了什麼事呀？」

我點點頭。

「雖然連假期間有跟他見過一次面，但那時候他什麼都沒有說，之後就一直沒能見到面了。所以，那個，如果方便的話，請告訴我染川同學的狀況，拜託了。」

我深深鞠躬，然後城田同學輕鬆的說「原來如此」，點點頭。

「嗯，可以呀，如果妳有想問的就問吧。」

她出乎我意料之外地允諾得乾脆，我不由得目瞪口呆。或許是表露在臉上了，她有點生氣的嘟起嘴。

「等等——這什麼意外的表情啊！我看起來像是那種什麼都不跟妳說的人嗎？沒禮貌！」

「啊，抱歉！不是這樣的……那個，是因為我們明明沒有說過話，我突然跑來搭話要妳告訴我資訊，覺得自己很厚臉皮，沒想到妳會立刻答應……所以……。」

我拚命解釋，城田同學這次像覺得很有趣似的笑了。

「什麼厚臉皮，這不是很平常嗎？因為我們是同班同學啊。」

聽到她理所當然地這麼說，啊啊，對啊，我微妙地懂了。她之所以有這麼多朋友，就是因為她是這種思考模式的人吧。

總是大聲說話，很鬧，有話直說，所以我自以為地覺得她很恐怖。但這一定是我的偏見。我和非我族類的人之間畫上了界線，絕對不接近，也沒想過他們到底是什麼樣的人，因此一直抱著這種偏見。

「因為是同班同學」這一句話，就把明顯不是同一掛的我當作是「同一國的人」接納進來，我真心覺得厲害。

「是說啊，我想就是從前一陣子開始。」

城田同學盯著我的臉，微微側頭，一臉好奇。

「總覺得藤野同學變了。我沒想到妳會跟我們說話，真的變很多。」

「欸……啊，嗯……。」

對我而言，我只是想要和留生有關的線索，所以拚命掙扎而已，不過周圍的人看來，我的言行舉止和過去應該大為不同吧。說我變了，或許如此。

我曖昧不清的回應，讓城田同學輕笑出聲繼續說「以前啊」。

「即使是對同班同學也有種敬而遠之、躲在殼裡的感覺，還有種瞧不起我們的感覺，就覺得妳有點惹人厭。」

好尖銳，我想。猛地撲面而來毫無保留的話語，讓我啞口無言。大概是注意到我不知該如何回答吧，她雙手合十說「啊，抱歉」。

「抱歉，我真的很不會說話。那個，想到什麼就說什麼。大概我的手足都是男生，有話想說的話沒辦法忍耐，非要全部說出來，或許是因為家庭環境逐漸被帶壞吧。」

「不會」，我搖搖頭說。

「我完全做不到，所以覺得有話能直說很厲害。」

「說過頭也是問題就是了。」

城田同學身後的朋友忽然加入對話，她一臉痛苦地皺起眉頭。

「這個問題父母和老師都常提醒。因苛刻的話說過頭而吵架的經驗多得不得了啊。」

「我們也常被傷到吧？」

「不都說對不起了嗎！」

大家哄堂大笑，我也隨之露出淺淺的笑容。不久前，我還認為自己不可能加入班上同學的行列一起笑的。

短暫的笑聲過後，城田同學看著我說。

「其實啊，之前我跟染川同學說過藤野同學的一些壞話，抱歉。」

不能說我偷聽到了所以知道，我便默默搖頭，我很清楚會被人家這麼說的原因，在我自己。

「不過最近的藤野同學變得沒有那麼畫清界線的感覺了耶！」

這不經意的話，讓我心裡一片溫暖，莫名有點癢癢的，小聲回答「希望如此」。

「我是這麼認為的喔，『原來能跟藤野同學很平常的聊天啊！』這件事，現在真是嚇死我了欸？」

城田同學笑了笑，乾脆地說。

「妳的改變，果然是從染川同學轉來之後開始的。」

我的心臟砰砰跳。就在我不知道該回答什麼的時候，她再次直截了當的問。

「你們在交往嗎？」

呃，我不由得發出一個帶了濁音的聲音，慌忙搖頭否認。

「才、才沒有！」

因慌亂而結巴真是丟臉死了。這是當然的，我沒有跟其他人交往過，對我而言，戀愛就像在雲端上的東西，不不，不只如此，是比月球離我還遙遠的事情吧。

「原來如此，那就是比朋友多一點，但還不到戀人這樣？」

不管我的焦躁，城田同學繼續追問。

「也不是這樣……。」
「但是，妳喜歡他吧？」
「沒、沒有沒有，那個……。」
「可是，被一個既沒交往、又不喜歡的男生影響而改變，不是很常見欸？」
她一點戲謔的表情都沒有，一臉認真的問拚命搖頭的我。我扁著嘴，小小聲地呻吟。
就算問喜不喜歡，我也沒辦法立刻回答，因為我覺得不管我去喜歡誰，都太自不量力了。從周圍的人開始對戀愛感興趣的小學生時期開始，我就一直這麼認為。被我這種人喜歡上的話，那個人一定會覺得不舒服、會覺得很噁心吧？所以沒辦法立刻切換這種已經像程式般植入在腦中的想法。
不過如果要回答對留生是什麼感覺的話……。
「我不知道是不是喜歡……但，特別。」
突然想到而小聲說出來的話，落在我心裡。
留生對我來說是特別的人。他找到了我，無數次跟我說話，陪在我身邊。初遇的那一天，分別的那一天，出現在沉入幽暗湖底的我眼前，朝我伸出救援的手拉了我一把。他改變了我。
「特別……。」
城田同學把手撐在下顎上，歪著頭說「這樣的話」。

「就是超超超喜歡的意思了吧？」
我的臉頰唰地發燙。本來想反駁不是這樣的，可喉嚨震顫，聲音出不來。
「因為啊，『喜歡』等於『特別』不是嗎？」
城田同學問身邊的朋友，她們也點頭同意。
自己都搞不清楚的心情上被標了名字，連自己都覺得可疑的動作。就在我想著該回答什麼、思考用詞遣字的時候，城田同學突然舉手說「那麼，回到正題！」。
「妳說想問染川同學的事情對不對？」
「啊，嗯。那個，剛剛我聽到妳說有看見留生？」
我一說完，她笑著說「妳喊他留生——」，然後點頭說「有看到他」。
「什麼時候？在哪裡？」
「上禮拜六。我跟其他學校的朋友去A站那邊玩，想說怎麼有人隨意亂走，仔細一看是染川同學。就這樣進了車站刷票口喔。」
「沒看錯嗎？」
「嗯。距離很近，染川同學那張臉又很顯眼。」
「這樣啊……。」
A站離這邊很遠。為什麼會去哪裡呢，莫非是他家在那一帶？

不知道他家在哪就什麼都做不了。我下了某個決心，向城田同學鞠躬說「謝謝」。她對我揮揮手說「加油喔」。

「報告。」

一放學，我立刻去老師辦公室。

因為是被叫來或是來交作業之外都不會靠近的地方，自己主動進去，我意外緊張。敲門之後，我直接往導師的位置去。老師對著電腦用鍵盤打字。

「老師，抱歉在您工作的時候打擾，可以耽誤您一點時間嗎？」

老師一臉嗯？的抬起頭，嚇得睜大眼睛。

「喔，藤野。好稀奇喔，怎麼啦？」

「那個，染川同學，是發生什麼事了呢？」

我直截了當的問，老師一臉疑惑地眼神飄移。

「什麼事是……？」

「他突然就不來學校上課了，老師知道他為什麼請假嗎？什麼時候會回來呢？難道是拒學嗎？」

覺得要是閉上嘴，我努力擠出來的勇氣就會退縮，所以我一口氣接連提出問題。

老師一怔，眨了好幾下眼睛。

「藤野，妳……變了耶。不，最近總是很正向，頭髮也剪了，雖然知道妳有在改變，但沒想到妳會改變到這個程度。妳以前不是從不跟人往來，也不主動去問人問題的嗎？」

發現到老師的觀察比我想像得還入微，我有點窘。

「那個……我的部分無所謂啦，關於他的事……。」

我囁嚅著說完，老師微笑著回答我。

「與其說是拒學，不如說是本人打算退學。」

「咦……？」

雖然有稍微想到這部分，但說得這麼清楚，受到打擊的感覺還是很強烈。

「很突然的，就寄了退學申請書來。」

我不由得重複了「退學」這個詞。

「既沒有事前告知，也沒有商量或面談，這麼重大的事情不能就寄個信來就決定吧，所以我們沒有受理寄來的退學申請書，打了電話過去，請他總之先來學校一趟，不過他很堅定的說不會再來學校，已經決定好了……。」

我耳邊響起脈搏砰砰跳動的聲音。

留生消失的意志，比我想像得還要堅定。

「雖然想透過電話說服他改變休學的念頭，但之後打了幾次電話都聯絡不到本人。唉，似乎完全沒有要來學校的意思，我也很煩惱該怎麼辦才好。」

老師嘆了一口大氣，模樣看起來是真的很困擾。

我本來想會不會是留生還要再轉學，所以才什麼都不說就消失，如果是還多少說得通，不過顯然我猜錯了。他是真的打算要消失。

退學這個詞重重壓在我心上。非常沉重的詞。並不普通。

要是有目標、為了實現夢想而退學，朝目標前進的話，我認為退學也是一個很棒的選擇。

但我確定留生並不是。無法認為說自己沒有興趣、沒有喜好的他是積極意義上的選擇退學。怎麼想都只能覺得他是「想要消失」所以不來學校。

這樣下去留生真的會消失不見。這股湧上心頭的焦躁，從身體內部撬開了我的嘴。

「請告訴我他的住址。」

連自己都嚇一跳的大音量，還有明確的語氣。老師睜大了眼睛看著我。

老師頓了一會，然後「嗯——」一臉好奇的把手放在下巴上。

「這有點困難，最近個人資料的管理變嚴格了，就算是同學，老師也不能告知。」

說得也是。以前似乎可以在點名本或畢業紀念冊上刊載地址，但現在是個人資料可能被拿去做壞事，只刊載姓名的時代。

「那，電話號碼呢？」

我碰運氣地問問看，老師果然搖頭。

「這也一樣。如果沒有本人或監護人同意，我也不能隨意告知。」

「……這樣啊。」

我點點頭後，接著說「但是」。

「我非常希望老師能告訴我。」

我越說越激動，滿腦子都是若錯失這個機會說不定就真的再也見不到面了的恐懼。

「就算妳這麼說……。」

老師垂下眉頭，有一下沒一下偷看周圍狀況。坐附近的老師們，有的對著電腦專心工作，有的和其他的老師、學生說話，看起來都沒有在聽我們對話。

「我無論如何都想再見他一面，有很多非告訴他不可的話。所以不管怎麼樣都需要他的資訊，這樣也不行嗎？」

老師沉吟。我覺得得再推一把。

「……我前一陣子，試圖自殺過。」

我的話讓老師一臉震驚。

「怎麼說，就，各方面都很痛苦，到哪都得不到救贖，好像只有我孤零零地在這個世界上的感覺。這種感覺一直持續，才想這麼痛苦的話乾脆死了算了。所以，就跳到湖裡去了。」

「……藤野……妳為什麼要做這種事？」

「現在想想，我真是笨蛋。」

我一邊苦笑一邊說，老師也露出稍微鬆了口氣的表情。

「……那時候來救我的，是留生。他跟著我跳進湖裡，把我拉上岸，然後跟我聊了好幾個小時，對我說了很多溫柔的話。」

「這樣……。」

老師呼的吐了口大氣，然後沉吟著看向天花板。

「但是……個人資料還是不能告訴妳啊……。」

老師一邊不贊成的碎碎念，一邊在放滿了東西的桌子上翻找。感覺像是在暗示話已經說完，我還有工作。

我這麼努力，還是被拒絕了，我眼前一黑。即使如此，我還是開口追問。

「那……至少告訴我他住的學區……。」

這時候，老師「喔」的一聲，從書面資料中拿出某個東西。就這樣拿起來，掉到地上。

我反射性的去撿那個砰咚一聲掉到地上的東西，然後說「請」，遞給老師。但不知道為什麼老師非但沒有收，還別開眼睛。

「嗯？這不是我的東西啊，是藤野妳掉的嗎？」

我滿頭問號的看著自己手裡的東西。老師掉的，是一本學生手冊。

「……？」

我的學生手冊應該在書包裡面，不會掉在這裡。

是誰的呢，我覺得不可思議地翻了面，看封面上的姓名欄。發現上面寫著「染川留生」，心跳幾乎停止。

「嗯，不是妳的嗎？」

老師用假裝不知道的語調說。

「但應該是班上同學的吧，啊啊，這麼說起來，有個突然說要退學的笨蛋把學生手冊跟退學申請書一起寄來了。藤野，可以寄放在妳那裏嗎？要是碰到主人就還給他，拜託囉。」

老師小聲、迅速地說完後，就說著「來吧，工作工作」的重新轉回前方。

我呆呆地看著老師的背影半晌，啪一下回過神來後，深深鞠躬說「謝謝！」。雖然覺得因周圍的人轉頭過來看我到底是什麼事而感到有些害羞，但老實說現在哪是在意這種事的時候。

老師就著往前看的姿勢輕笑，然後自言自語似地小聲說。

「能讓自己改變的人，真的是特別、寶貴、無可替代的存在。得好好珍惜才行。」

我也就著低頭的姿勢點頭說「是，是……。」

「加油喔。」

我再次說「謝謝」後，快步離開教職員辦公室。

我跑到不會被打擾的走廊盡頭，面對抱在懷裡的學生手冊。感覺到自己的呼吸變輕了。

我壓抑著自己飛快的心跳，用顫抖的手，翻開手冊最後一頁，「身分證明」的頁面。應該有貼著大頭照，寫上校名、年級，還有姓名、地址、出生年月日的表格。

我沒有立刻看它的勇氣，一度閉上眼深呼吸。然後帶著祈禱的心情睜開眼，視線落在手冊上。

留生的字，清楚寫著他的住址。我不由得嘆息。

「啊啊，太好了……！」

這一定能去到他那裡，應該能見得到面。

離開學校後，我搭上電車，在A站下車。第一次到這裡來，完全不知道東南西北，用地圖APP搜索學生手冊裡寫的地址，不知道該往哪去的在住宅區繞了二十分鐘左右，終於找到寫著「染川」名牌的某棟房子。

我站在門口，抬頭往上看，非常大又氣派的房，大到瞬間猶豫要不要按門鈴。看起來不是能輕鬆走進去的房子。若是過去的的我，一定立刻轉身就走吧。

但是，這次不能這麼做，不能逃。我給自己打氣後鼓起勇氣，按下門柱上的電鈴。

我意識到連接室內的攝影鏡頭而修飾了一下外表，擔心要是被當成奇怪的人，對方說不定就不會回應我按的鈴了。

但是，立刻就有人回「是」，讓我鬆了口氣。

『是哪位？』

是個聲音優雅的成年女性，我猜大概是留生的母親。我更加緊張。

「那、那個，抱歉突然打擾您。」

我沒辦法好好說出話來，支支吾吾的。痛恨過去常因怕生而逃走、極力避免跟不認識的人對話的自己。這樣很怪，我拚命露出笑容，拉高語調。

「我是和留生同學同班的藤野千花……。」

『有什麼事嗎？』

說出留生名字的瞬間，我的話被打斷了。不用跟剛剛比較就知道，聲音既冷淡又不友善。我的心涼了半截，心跳加速。

「那個，貿然打擾真是抱歉……我有話想和留生同學說……才來的。」

緊張且心神不寧至極的我語無倫次起來。繼續問「留生同學在嗎」的時候，冰冷的聲音回我「不在」。

「這、這樣啊……那個，那，他在哪裡呢？」

『不知道。』

又是打斷我的話似地回應。

好可怕。我雙腳發抖，冷汗直冒，想起媽媽用不高興的冷臉對著我的感覺。喉頭緊縮而痛苦，幾乎要發不出聲音，反射性的想逃。

但是，不能在這裡放棄。我無論如何都得見留生一面。

「我無論如何都想見到他，和他說話……留生可能會去的地方，請……。」

說到一半，我身後有人經過，為了不造成他們困擾，我稍微移動了身體，想要繼續說的時候，忽然聽見一聲嘆息。

『會給鄰居帶來困擾的，總之妳進來說吧。我開門了，請進。』

我說「謝謝」之後推開門。走過紅磚鋪就的小路，站在玄關前。不久，玄關門喀嚓一聲開了。出現一位與留生長相相似，但表情全然不同的美麗女性。

「總之，先進來吧。」

我點頭說「打擾了」，走進玄關，背後的門立刻關上。她看起來想就這樣站著等我說話。

儘管是位美人，可皺著眉給人的印象很冷。和總是帶著平和微笑的留生完全相反。

「您好，我姓藤野。謝謝您讓我進來。」

「……如果是問那孩子，我是真的不知道他去了哪。」

她一臉厭煩的說。

我相當悲傷。之前總覺得個性平和且溫柔的留生，一定是在一個溫暖的家庭裡，被許多的愛養育長大的，但是，見到了他的母親後，知道大概和我所想的不同。

「妳跟那孩子很好嗎？」

被淡然的語氣一問，我點點頭。雖然是個平常我會害羞的問題，不過這麼冷淡的詢問，我也不覺得丟臉。

「這樣啊，能跟那個怪小孩當朋友啊。」

我知道那不是厭惡或諷刺，而是真的打從心裡這麼想。我感受不到一丁半點她對留生的疼愛。

「我沒辦法。連面對他說話都討厭。」

我沒想到她會用這種話說自己的孩子。我媽當然不能說是用溫柔又充滿愛的樣子在面對女兒，可倒也沒有冷淡到這麼徹底的地步。至少不會跟我們說不想看見妳、跟妳說話。

「雖然也有人說愛自己的孩子是理所當然的，但我一點都不覺得那孩子可愛。從小就完全沒有小孩的樣子，成熟得奇怪，也不像其他孩子一樣會鬧會玩，總是用奇妙的冷淡眼神看著父母親。就像是小孩的身體裡裝了一個大人似的……陰森得不得了，被那孩子看著背都發涼。然後，妳知道他額頭上的傷痕嗎？那不是受傷，是出生的時候就有的傷痕喔。太毛骨悚然了，沒辦法覺得他是從我肚子裡出來的。」

我一邊聽，一邊注意到她一次都沒提到留生的名字，而是用「那孩子」這種對外人的方式稱呼他。

我緊緊咬住嘴脣。不這麼做的話沒有辦法忍耐。

「從他對事物還似懂非懂的年紀開始，他就總是說些奇怪的話。知道我們絕對沒有教過、也應該沒有看過的東西。而且不只我們，周遭的大人、小孩都說這孩子很不對勁、很奇怪，害得我先生幾乎都不回家了。都是那孩子害得我們家庭破碎，我要怎麼愛這樣的孩子？」

光聽連我都覺得心涼，凍住，包在冰塊裡死去。

「……別說了。」

我像要打斷這連綿不絕的負面話語似地清楚發話，感覺到嘴脣冒出血的味道。

「這些話不要說了，請只告訴我留生在哪裡就好。如果不知道，請告訴我他常去哪裡、可能會去哪裡，什麼都好，請告訴我一些線索。」

我覺得我沒辦法跟這個人禮貌說話，就淡淡地敘述我想說的。

留生的母親頓時語塞，一邊嘆氣一邊覺得麻煩的說「我不知道」。

「真的，什麼都，不知道啊。那孩子，離家出走了。」

「……什麼？」

我以為我聽錯，「離家出走」？這，怎麼可能？

「……抱歉，我剛剛沒聽清楚，請您再說一次……。」

「就說了他自己打包好行李，離家出走了。只留下一張寫了『過去謝謝您的照顧』的紙條。」

她一邊說一邊撥弄頭髮的樣子，看起來不像在說謊。

「我當然不知道他去了哪。父母雙方的祖父母都已經過世了，沒有有交情的親戚，也沒有朋友，所以，我是真的完全不知道他會去哪裡。」

就像是預知了我的問題，她迅速回答。擺明了想早點結束這個話題要我回去。

這次，她用抱怨的語氣對啞口無言站在那裡的我開始說。

「那孩子從還在讀幼兒園的時候就會自己跑出去，在外面四處遊盪好幾個小時，可以說是有流浪癖吧。問他去哪裡做什麼都不講，罵很多次也是一臉無所謂的表情完全沒在聽，一個盯緊就又跑到外面去，一整天不知道要找他多少次啊……。」

是真的疲憊的表情與聲音。

「即使上了小學，也常常躲過爸媽的視線從家裡跑出去。飯不好好吃，學校也毫不在意地翹課，不知道去哪裡好幾天都不回家……想說是不是得了什麼疾病帶他去醫院，但醫院說沒有任何異常。升上高年級，想說反正講他他都不聽，實在沒辦法了，就放棄不去管他。結果他被輔導的警察帶回來，我被罵『這位媽媽，請看好妳的小孩』，真的很麻煩啊。要是更普通一點的孩子，我一定會好好的照顧他的……。」

想像留生小小的身體在街上到處走的模樣，我心中一陣苦澀。

他是在找我吧，我腦中忽然出現這個念頭。雖然沒有實證，也沒有理由或前因後果，但就有這種感覺。一想到他從那麼小的時候開始，就為了要找到我而四處徘徊，我就泫然欲泣。

「升上國中之後，他幾乎不在家。這次也是自己決定要轉學的……有一天突然要我在申請書上蓋章，單方面的說有無論如何都想去的高中所以要轉學，原本的學校也跟對方學校聯絡好了，要考轉學考所以需要監護人同意，我真的完全不知道是為什麼……。」

我現在可以確定，這一定是為了要跟我念同一所學校。

為了和我相遇，留生大概什麼都可以犧牲吧？

但我一直沒能對此做出任何回應或回饋。

「……我知道了。突然來訪真是抱歉，打擾您了。」

我小聲地說，鞠躬道謝想走出玄關，就在這個時候，我的眼睛被某個東西吸引住。

「這是……。」

我不由得低語。霍地一下抬起頭，看向留生的母親。

「這是留生的東西對不對？」

我指著放在玄關旁的塑膠袋問。袋子裡面有一疊紙，上面寫滿我有印象的文字。是留生寫的故事。

「啊啊，那個……是那孩子放在房間裡的，跟寫了『請丟掉』的紙條一起。覺得很麻煩，打算廢紙回收的時候丟——。」

「請給我!!」

我打斷她的話喊出聲。她一臉驚訝地回望著我。

「如果要丟掉它的話，請給我!!這是非常、非常重要的東西……。」

她顯然被我突然的轉變嚇了一跳，輕輕點頭說「隨便妳……」。

「謝……謝謝您。」

我幾次鞠躬道謝，把整袋留生寫的小說抱在胸前，離開他家。

外頭不知不覺已是傍晚，然後一如晨間預報所說，開始下雨。明明都已經是五月份了，雨還是刺骨般冰冷。

我幾乎是無意識地挪動雙腳，走在來時路上，搭上電車，在平常熟悉的車站下車。

從車站裡出來，雨變得更強了。在下個沒完的雨中，我就這樣什麼也沒想、呆呆的在開始變暗的街上漫步。回過神來時，到了與留生相遇的公園。

我原本以為到留生家的話能有點進展。以為能得到些線索、很快就能見到他。即使如此，反而是他封閉了所有的管道。我得到的，只有他留下的、永遠的故事而已。我隔著布，緊緊抱著珍而重之放在書包裡的稿紙。

沒想到留生和家人的關係這麼冰冷，但，這一定是我害的。他為了我所做的一切，害他失去了父母的親情。他一定是在比過去的我更加冰冷、孤獨的環境中長大的。

留生消失了。是他自己的意思，沒有告訴任何人他去了哪裡。這大概也是為了不讓我去找他。

「為什麼……？」

我不由得低語，淚水在眼眶打轉，這才意識到自己在哭。

「為什麼？留生，為什麼要消失不見啊……？」

不知道是雨還是淚水，讓我的視野一片扭曲。

我踉踉蹌蹌地，站在第一次遇到留生時，留生站的地方。

在寒冬的夜晚，他遞給被雨淋溼的我的塑膠傘。讓冷到發抖的我穿上的藍色大衣。

從第一次見面開始，留生給我的就只有溫柔善意。可遲鈍的我卻沒有注意到這份溫柔的真正意義，被自卑的想法所困，為了保護自己的心畫出界線，沒辦法真正接受他，因此，他從我眼前消失。

全部都是我的錯。腦子裡都想著自己，蠢到絲毫沒有考慮到他的心情的我的錯。

我倒在地上，一邊不停地哭，一邊像在他站過的地方尋找他的痕跡般，懷裡抱著帶了雨水的砂。

# 10

# 悲傷的愛情故事

——我的一輩子全部獻給妳。

——因為我得到的永遠，全都是為了獻給妳。

「藤野。」

忽然有人喊我，我從眼前的資料中抬起眼。

一看，從高中時就是朋友的川原正笑著站在我身邊。

「妳果然在這裡。」

「早呀。」

「藤野總是待在這裡很好找，真是幫大忙啦。」

她覺得有趣地呵呵笑了，在我對面的位置上落座。

這裡是大學圖書館裡開放給大家學習或念書用的自由空間。是可以說話的地方，所以聚集了許多討論研究發表或團體學習的學生。

「有什麼事嗎？」

「嗯，昨天跟妳借的書我看完了，所以拿來還。」

「欸，已經看完了？妳總是看書看得這麼快啊。」

「昨天沒有打工，所以就不小心一口氣熬夜看完了。真的很有趣欸，謝啦。」

「太好啦，我想川原妳應該會喜歡那本書才對。」

「不愧是藤野，很懂我唷。」

她呵呵笑著，我也笑著說「對吧」。

我現在在本地的大學就讀，文學院國文學系一年級學生。和川原同系，重疊的課程也很多，還有從高中開始延續至今的書籍互借等等，感情很好。

感情好，這個詞，若是那時候的我聽到的話一定會嚇一跳吧，光想都想笑。

和川原聊了一會天之後，時間到了，所以我離開了圖書館。穿過教學樓前面，朝正門走去。太陽的亮光引得我抬頭向上，眼前是一整排已經長出綠葉的櫻花樹，另一頭則是廣闊的晴空。

從留生消失的那天開始，已經過了兩年。

一如我所預期的，在那之後，留生一次都沒有在我眼前出現過。

剛開始腦子裡總想著他的事情，鬱鬱寡歡地度過每一天。因為我一直窩在房間裡不出來，結果有一天就被姐姐劈頭一頓「妳夠了沒！」的罵了一頓。

「千花妳還有許多非做不可的事吧？」

姐姐這麼一說，我茅塞頓開，想起來我必須要做出改變，為了成為留生所希望、所期盼的我。

不再總是低著頭，開始和其他人有了交集。

認真的開始念書，準備大學入學考試。

成了大學生開始化淡妝後，對胎記也不這麼在乎了。我發現周圍的人比我想像中的還不注意我的胎記。

我也開始打工，是我憧憬的書店店員工作。儘管曾因覺得我應該沒辦法接待客人而放棄，不過最後還是想硬著頭皮挑戰看看。

我就這樣一點一點的往前走，抬頭挺胸的活著。

這一切，都是為了和留生再見面時，我能成為一個不丟臉的自己、能鼓起勇氣說「我很努力喔」。

已經過了兩年的現在，我仍然沒有放棄留生。我在心裡發誓，就算失去聯絡，也總有一天一定會找出他，抓住他的手。

我離開大學，從最近的車站上車，在熟悉的車站下車。

「千花，這裡，這裡。」

聽到聲音轉過頭去，媽媽在刷票口外面跟我揮手。

「工作辛苦啦。」

我一邊說一邊跑過去，她就開始「真的辛苦啊，今天那個奧客又來店裡了……」的開始說起來。儘管跟過去一樣都是些抱怨，但若這樣能紓解壓力的話，我覺得也很好。

今天媽媽打工跟我大學下課時間重疊，所以就約在車站見面去喝個下午茶。因為媽媽很久以前就說想去車站前新開的那家咖啡店試試看。

我跟媽媽之間的距離縮短了，是以前不敢想像的程度。老實說，雖然暫時彼此還有心結，可媽媽也一邊哭一邊道歉說「對不起，以前對妳這麼壞」，時間一久，心結也慢慢變小了。所以才能像今天這樣，面對面坐著，因好吃的蛋糕微笑，度過平靜的時光。

「啊，是說，姐說她黃金週要回老家來。」

「唉呀，是嗎？她沒跟我聯絡呀。」

「……跟媽媽講電話都要講很久，所以她說她不喜歡……。」

「欸欸？什麼意思啊？」

媽媽一臉不服的說，然後輕輕點頭說「算啦，的確是」。實在太有趣，我不由得噗哧一笑，媽媽也笑了。

姐姐現在在東京的大學讀法律，似乎一如往常的只管念書。說是「在爸媽離婚的時候，多懂一點知識不是比較好嗎」。

爸媽已經是在家裡分居的狀態了。爸爸雖然沒像以前那樣老是大吼大罵，不過或許是尷尬，所以幾乎都沒回家。

即便跟媽媽說過離婚就好啦，但媽媽說妳們大學畢業前還得付學費，不可能的，忍耐了下來。

雖然有些擔心家不知道會變成什麼樣子，可我只能想要是那一天來臨，我可以做什麼。

和媽媽喝完茶道別後，我去了常去的圖書館，就是和留生一起去的那間圖書館。

我把個人物品放在當時坐的位置上，看向窗外。看了看被陽光照耀、被風吹動的帶葉櫻花樹梢，然後緩緩起身。

我以前只對文藝類作品有興趣，但現在老是來來回回地去圖書館最裡面、沒什麼人去的地方。

從天花板垂吊下來寫了「資料」的牌子下走過，我走進沒有窗戶、有點暗的房間。許多書籍一本本整齊放好，在高高的書架上間隔排列，一路延伸。和一般圖書的管理方式有很大的不同，需要申請才能進這個房間。這裡仔細保管著珍貴的書籍、地圖，禁止拿到館外。

我在這個房間的最深處，「鄉土資料」區停下腳步。

我找的是統整在這片土地上曾發生過的歷史資料。我想看的，不是政治、戰爭這些寫進教科書裡的歷史大事，而是當時靜靜住在世界一隅，一般普通人的生活與傳承的民間文化，也就是風土記、地方記事這樣的作品。

從被整理成書籍的出版品，到人們用手寫代代相傳的古籍影印本，種類比我想像得多，因為不知道從何看起，就先從時代比較新的開始著手。

高中時代已經看完鉛字印刷的部分，剩下用筆墨寫在日本和紙上，用繩子裝訂的史料，只有統整供人查閱用的照片。

用行雲流水般連綿不絕的行書、草書所寫的史料，高中時代的我難以解讀，又快要大學入學考了，就一度放棄。

考上大學之後我立刻再次來到這座圖書館，開始挑戰鄉土資料。在大學修「讀古文書」時的練習很有幫助。第一堂課發下的毛筆字《五十音一覽表》，還有用我因老師當參考書籍介紹而購買的《書法三體字典》與史料對照，設法解讀老資料上的內容。

不過，一旦碰到讀不懂的字，就查一覽表或字典，從中找出正確的文字還滿辛苦的，也曾有一個小時只讀了一頁的紀錄。

即使如此，因為每天都反覆做一樣的事，我記得常出現的單字，所以解讀的速度大幅提昇。

選好今天要讀的史料回到位子上，與內容富有深意的書法搏鬥。回過神來時已經過了快三個小時，真的是白駒過隙。

我覺得累了，休息時分，從書包裡拿出總是帶著到處走的一疊紙。拜自己已經反覆閱讀到幾乎要把內容背起來所賜，有手上的汙垢、泛黃、晒傷、邊緣擦痕，變得很柔軟的稿紙。

是留生所寫的小說，《旅行少年》。

裡頭描寫了一對受命運折磨之戀人的悲傷故事。是幾乎可以改編成漫畫，跨越時空的浪漫幻想小說。那樣的情節，當然不可能在現實生活中發生。

但是，越想越覺得奇妙。留生和我發生的事，還有繼續進行永恆旅行男孩之間的故事，相似到無法忽視。說「終於找到妳了」出現在我面前的留生，以及「幸好來得及」這句話。刻意轉進我們學校，說「希望得到妳的信任」，不知為何總是要和我一起行動。在我跳進湖裡的那個流星雨日，於彷彿監視著我一般的時機點出現，救了我一命。還有那句「我知道真正的妳」。

留生所有讓我覺得不可思議的舉動，全部，都符合故事內容。留生對我說的話、對我做的事，不管哪一方面，從他是「永恆旅行的少年」來想的話，就都說得通了。

儘管認為這種事情怎麼可能發生，可隨著他消失的時間越來越長，我的想法也從猜測轉變成相信。

我一張一張看著稿紙，手指跟著留生書寫的文字痕跡移動。

到最後一頁時，我不由得停下動作。

真正的最後一頁——那天留生沒有讀給我聽的一頁。

我帶回他留在房間的小說，稍微冷靜一點之後重讀時才發現的。在稿紙的最後，有一張我不知道的頁面。直到現在，我每看到那一頁，都會想哭。

那是「永恆旅行的少年」對「少女」深刻的愛語。

讀到它時，我總是心碎欲裂、想抓住胸口般的痛苦。

吶，留生，你，現在在哪裡？我在心底詢問。

你一定獨自在某個地方吧？我，會去。我一定會去找你，所以，請等等我。不管你在哪裡我一定會找到你，所以請你等我過去。

黃金週開始，大學課程放假，我每天從早到晚，沒打工的時間就窩在圖書館。

媽媽好奇的問「考完了才開始拚命念書啊」，我就是笑笑帶過。

接連解讀了幾本史料，也上溯到相當久遠之前的年代。然後，追溯到某一本民間流傳的書籍。

那是關於某座湖泊的悲傷傳說。

就是這個了，我確定。

因為是用古語寫的，我不是很能讀懂艱澀的單字，一邊拚命查字典一邊繼續讀下去。也有我不懂的舊時文化風俗，這部分就在書架之間來來回回蒐集資料，花了好幾個小時，設法理解這個傳說的全貌。

在湖泊附近的一個小農村，住著一對年輕戀人。他們雖然貧窮但彼此相愛，感情和睦的生活著。

但是，恐怖的流行性疾病開始在村子裡蔓延，幸福的生活，突然宣告終結。男子病倒了，女子拚命地照顧，卻沒能拯救他。

女子哀痛欲絕，夜不成眠，一直哭泣，某個夜裡終於發了狂，披頭散髮的往湖之森去，消失了蹤影。

那天是農曆四月初，自古就是群星墜落之夜。要是看見流星落在湖間，女子進入湖裡，就會和男子相見。當時，流星被稱為「呼喚之星」，因為有傳說星星拖著長長尾巴的形象，是男子對心愛女孩強烈的想望，靈魂從身體出竅去見戀人的模樣。

女子如果想要死去的男子來見自己，就要跳湖而死。

看見女孩這個模樣，憐憫她的湖神，給予兩人來生還能再相遇的護祐。

那之後，大家便深信這座湖有保佑戀人的湖神。

至於悲劇的戀人們轉世能否再相遇，就沒有人知道了。

雖然有一點點不同，但因為是自古傳承下來的傳說，我想事情就是這樣吧。

我直覺認為，留生的故事就是根據這個傳說寫的。

我拿出手機查網頁，農曆四月，大概是現在曆法的五月左右。

五月初、群星墜落之日。兩年前的記憶回籠，水瓶座$\eta$流星雨。

我立刻搜尋，找到統整流星雨資訊的網。從四月下旬到五月末都能觀測水瓶座$\eta$流星雨，能觀測到最多流星的高峰，迎接極大值高峰期，是五月六日。

「是今天……！」

我看向窗外，街上已經完全沉入黑暗當中。不知不覺間已經過了許久。剛好閉館的廣播響起，我才反應過來現在都晚上七點了。

我趕快收拾個人物品，桌上堆積如山的書和資料讓人焦躁，我一本一本放回書架上後，從圖書館飛奔而出。

# 11 將我的永遠全都獻給妳

——將我的永遠全都獻給妳。全部、全部、都獻給妳。
——所以請妳要幸福。這次，妳會好好過完妳的人生。

我一個人走在街燈照不到的幽暗森林中。
平常應該會覺得很恐怖的，可現在卻完全沒有這種感覺。因為我有非做不可的事。

穿過被高大樹木圍繞的小路，看見倒映著夜空的湖泊時，我的眼睛立刻被吸引住了。在湖畔一個人坐著，穿著白襯衫的背影。

「留生。」

已經很久沒有親口說出這個名字了，光是能喊住他，我就開心得感情上湧、激動不已。雖然沒有片刻忘記，雖然這兩年每天都在心中呼喊，但實際說出口，還是非常感動。

他就這樣坐著，緩緩回過頭。

「……千花。」

溫柔呼喚我名字的聲音，這懷念的感覺讓我心神震動。啊啊，是留生啊，我想。我一直一直尋覓的、探求的這個人哪。

他的對面，拖著白色長尾的流星落在映照著滿天星空的湖面上。那個星星是我。期盼著、期盼著，終於來見你了。

留生緩緩站起身，背對星空與湖泊而立。又一顆流星劃過。今天是數不盡的星星墜落之日。

我不由得低語，太好了。

「能見到你真是太好了……。」

留生直直盯著我看。以他刻在我腦海中，宛如黑夜中閃耀著銀色星星夜空般的眼睛。

「對不起，我來晚了。」

聲音有些嗚咽。我吞忍下去後反覆說著「真的抱歉」。

而後他微微低下頭，背對著流星，小聲開口。

「……妳怎麼會知道我在這裡？」

「我想留生一定會來看流星雨的吧。」

聽我回答，他張大了眼睛。

「因為，我想這場流星雨對留生來說，一定具有特殊意義。」

我繼續說下去，他大概是察覺到什麼，表情扭曲。

「妳為什麼知道？想起來了嗎？」

我波浪鼓般搖頭。

「是在圖書館查的。還有，留生的小說。兩邊放在一起想，應該就是這樣吧。」

「這樣啊……。」

留生虛弱的笑了，然後垂下眼，低著頭。

「妳……來做什麼？」

「我是來見你的。」

「……。」

他什麼都沒說。這個反應讓我有點受打擊，原本以為他會很高興，原本以為他會帶著笑容迎接我的。

我以為他一定會說「謝謝妳來」，但為什麼是這麼痛苦的表情？

我耐不住沉默，打開書包。

「這個，還有這個……借的東西，拿來還你。」

我來湖這邊之前回了趟家，把放在衣櫃深處的藍色大衣拿了過來。留生這件在見不到面的期間，一直擾亂我心的大衣。

即便我遞出去了，他卻沒有收。

「就說了送給妳了……。」

他露出困擾的苦笑，而後說。

「……我，並不想，見千花。」

這些話像尖銳的箭一樣刺進我的心臟，衝擊力道極強。

我發現的時候，眼淚一口氣溢出眼眶。無法壓抑的淚珠滾落，打溼臉頰。

即使眼前視野一片扭曲，但我還是知道留生正楞楞地看著我。

「為什麼？為什麼要說這種話？」

我一邊爆哭到連自己都傻眼，一邊像鬧脾氣的孩子一樣撲在留生身上。

「你明明說想見我的！那時候明明說為了想見我而等待的！」

是我們第二次見面時候的事，至今歷歷在目。一個月之間，留生一直在公園等不知何時會來、不知會不會來的我，然後對出現的我這麼說。說「因為想再見妳一面」、「我想等在這裡，一定會再相見的」。

所以我原本想著，他今天一定也會對我這麼說吧？即使如此，為什麼要說「不想見我」呢？

我明明努力著、努力著，終於找到線索，終於見到面了的。

不想見我，什麼的……。

我無法壓抑自己的眼淚和嗚咽，一邊抽抽噎噎一邊哭。從我懂事之後，應該就沒有在別人面前哭成這樣過了，就算在家人面前，也沒有像這樣釋放感情似的哭過。只有留生，明明只有留生是特別的。

「千花……。」

留生不知如何是好地說。雖然滿眼淚水的我看不見他的臉，但從他的聲音，我可以知道他現在是什麼表情。

「千花，千花，妳不要哭……。」

為什麼連留生的聲音，都是快要哭出來似的疼痛呢？

這個時候，眼角餘光閃過一個白色的東西，我立刻知道是留生襯衫的白色袖子。還知道他想要抱住我。

但是，他的手臂並沒有環住我。白色的東西緩緩落下。

為什麼。那時候明明就抱住我了。

留生低語著對不起。

「對不起，我沒想要讓妳哭的……。」

不知所措般的聲音。我一邊抽抽噎噎一邊抬起頭看他。

在他背後開展的星空極美，和我的心情完全不合，好難過。

「……但是，我不能再見妳了。」

「……不能，再見？」

不是不想見，而是，不能見。

意義南轅北轍的詞。我設法忍著自己的嗚咽聲反問。

「怎麼回事？為什麼？」

留生像在選擇語句似的，嘴脣淺淺張闔幾下，小聲地說。

「因為我的決心會動搖的……要是再次見到妳的話，就會再也見不到妳了。」

「咦……？」

宛如猜謎一般的話語。

「……我，不懂是什麼意思……。」

這次不知所措的換成了我。留生太多祕密了。

「兩年前……你為什麼從我眼前消失了？」

儘管想問的事情很多，不過我選了最想知道的事情問。留生只是微微搖頭，沒有回答。

「吶，留生。請告訴我，我想知道啊。我想知道關於留生的事。」

我拚命懇求，但他只是滿臉歉意地別過眼去。

這樣下去一定沒有結果，留生會什麼話都不跟我說。體悟到這一點的我，從書包裡拿出一張紙，遞給他。留生驚訝的睜大了眼睛。

那是他寫的小說裡，對我保密的最後一張。以《將我的永遠全都獻給妳》為題所寫的詩。

他凝視著它，我也看著。不管讀了幾次都覺得心痛。若收到這樣的話語，我一點也不高興，不想要這種東西。比起這個，我更想——。

「拜託，告訴我。我想我一定比留生所想像的更接近事實，但，不是全部。所以，我想知道，請告訴我一切。留生累積至今的事情。」

留生沉默了半晌，小聲說「可是……」。我抬起眼，看著一臉困擾、垂下眉頭的他。

「……是，妳一定難以置信的故事喔。」

「留生打從一開始就老是在做令人難以置信的事不是嗎？」

我不由得回話，留生「欸？」的睜大了眼睛。

「因為啊，你突然出現，明明是第一次見面卻說了一堆難以理解的話，埋伏等待，甚至轉學過來，一整天跟著我。都是一些正常狀況下不可能發生的事情。事到如今，你講什麼都不會嚇到我了。」

我想讓氣氛多少輕鬆點，就不管不顧的直說了，結果留生瞬間停了一下，然後覺得好笑似的爆笑出聲。

「說得也是。」

嘻嘻笑的臉，和那時候一樣，溫柔的笑容。兩年前想念得不得了，心情就像心被揪住了似的。

收束了這陣笑的他，用指尖輕輕觸碰額頭上從瀏海縫隙中可以看見的傷痕。像是被刀具割傷的傷痕。

我的手指也無意識地摸自己的右臉，那一直折磨我的胎記。但是，那說不定是我跟留生唯一有所連結的東西。

「……我知道了，我說，全部。」

他的話讓我用力點頭。天空上無數的星星與幾顆流星閃爍著光亮。

我寫的故事雖然改了一部分，卻是根據我的記憶寫的。

我最早的記憶，是在已經久遠到不知道幾百年以前，住在那座湖邊的小農村裡人類的記憶。

他有戀人，非常情投意合。

某次村裡流行熱病，女孩先病倒了。他拚命攢錢，設法買到了藥，女孩康復了。

但是，接著他也得到了同樣的疾病，女孩卻已經沒有辦法買藥了。因此她想借助湖神的力量，走向森林。正好和今天一樣，是有流星雨的日子。

她在墜落的流星中，偷取香油錢、供品和神體。這使得神明大怒，用火燒她的臉當做處罰，她受到嚴重的燒傷，因而死去。

不過即使如此，她依舊沒有得到寬宥，甚至另外被下了永生永世繼續受苦的恐怖懲罰。不管她的靈魂轉生幾次，都會活在非常辛苦的境遇中，死的時候也會承受非常大的痛苦。而且，死亡的時間也必定和犯下罪行的時間相同，十七歲的流星雨之日。是年紀輕輕就淒慘死去的懲罰。

他知道所愛的女孩為了救自己而遭受永遠的痛苦，因此決定自己背負這個罪過。他去了湖神所在之處，用短刀割開自己的額頭，希望能以鮮血換取湖神對女孩的赦免。接著刀刺心臟，希望獻上自己的生命，換取由自己背負湖神降下的懲罰。

神明接受了這個請求。他的靈魂就這樣承載著前世的記憶轉生，轉生之後的他，要靠自己的力量去找出她的轉生，要是能在女孩死亡的十七歲的流星雨之日前從生死存亡之際救下她，他的願望就會實現。

他帶著額頭上的傷痕轉生，作為與神明締結契約的證明。然後她也會在原本燒傷的位置生出胎記，作為有罪的證明。神說，這就變成了你找她的線索了吧。

這麼一來，他的靈魂在神明給予的永恆時間當中，帶著所有的記憶不斷轉生，就這樣開始永恆的旅程。

這什麼亂七八糟的故事啊。我沒辦法馬上說出話來，沉默著閉上眼睛。

比如說，想像一下。無數次出生，無數次死去，然後記得這份苦楚，再度轉生。記憶裡留存著過去人生當中的一切痛苦和悲傷，只有自己活在沒有終點的永遠當中，就像孤零零一個人站在不知通往何處的黑暗隧道中似的。

我沒辦法忍受。這種沒有盡頭的孤獨感，光想像都覺得崩潰。

「我從懂事開始，就隱隱約約知道我必須要找到什麼，而且必須要儘快找出來。」

留生再度開口。我知道他接下來要說他自己的故事。

「所以我沒有辦法在家裡待著不動，就算被爸媽罵不准自己隨便亂跑，還是坐立不安的立刻從家裡跑出去。雖然不知道該往哪裡去，可總之得要找的念頭驅使我的腳動起來，一直到處走。」

到這裡終於跟留生媽媽的話連結上了。還沒開始上學的、這麼小的一個男孩子一個人在外面走，太危險也太寂寞了。

但是，以穩定語氣與平靜神態說話的留生，似乎並不覺得這件事有什麼不可思議或異常。這真是太悲哀了。

「念小學的時候，我像平常一樣到處亂走時，找到了這座湖。我想，我知道這裡。像受到吸引似的走了進去。瞬間，我一切都懂了。即便那座神祠已不復存在，不過我的確有自己很長一段時間一直在找這座湖的清楚記憶。還有這個傷痕是怎麼回事，以及非找出誰不可。」

留生噤了聲，緩緩舉起的指尖再度觸摸自己額頭上的傷痕。然後直直地盯著我看。

而後他緩緩眨眼，用有點痛苦的聲音開口說「其實……」。

「之前曾經有過我終於找到妳，想要開口喊妳的時候，妳在我面前被車子輾過去……我沒趕上。所以，我每天都跟自己說，這一次非得在還來得及的時候，早點把妳找出來，不惜一切都要找出來。即使如此，升上了高中還是沒有找到……。」

留生低頭說著，我看見他的肩膀在微微顫抖。我不由得伸出手，又猶豫地收了回來。

「我幾乎被可能再度失敗的不安和恐怖壓垮，就在我不想回家、在外面到處走的時候，終於在那個公園找到妳……我真的非常非常開心，幾乎要哭出聲。」

那個雨夜的情景，鮮明地在我腦海中浮現。寒冷、寂寞、悲傷、一個人受凍的夜。

那時對我來說，留生是突然出現的、一個不可思議的男生；但是，對留生而言，我是他持續找了很多年，終於找到人的瞬間。

「但是，當我看見在試圖觸摸妳的那瞬間，妳發抖、僵住，我難過不已。想到千花妳說不定過著很痛苦的生活，覺得我還是來晚了。」

第一次見面的時候，留生微笑著說「幸好還來得及」，在我反射性的害怕他靠近的手時，他難過的說「對不起我來晚了」。我現在終於知道，那些話真正的意義。

「我越想越覺得擔心得不得了，坐立不安，就在那座公園一直等，終於見到妳。那時從妳的制服得知妳讀哪所學校後，我在明知妳會覺得不舒服的情況下，仍然轉去妳讀的高中。我想多少接近千花妳一點……。」

他是這麼拚命地找這樣的我。找到在夜晚公園裡，一個人被雨淋溼而發抖的我。然後，他最終來到了迷茫無措的我身邊，一直陪著宛如躲在堅硬的殼裡的我。

這件事是如何拯救了我，是如何改變了我啊。

「……既然如此，為什麼，還要尋死呢？」

注意到時，我啞著聲音問。

「如果擔心我的狀況而想要在我身邊的話，為什麼要從我眼前消失呢？」

「因為是定好的規則。」

留生一邊看著忽然出現的巨大流星一邊回答。

「締結契約時神明說的。祂說，要救妳，取而代之的是我會變得不幸。如果成了妳的代替品，發誓要背負妳不幸的處罰，最後我還能得到幸福的話很奇怪吧？『如果你違反規定，破壞契約，來生你就不能和她相遇，不能拯救她』，祂是這麼說的。」

不得幸福，背負不幸。這沉重不已的話語揪著我的心口，一句話都說不出來。

「這、這是什麼……。」

我設法擠出話來，聲音顫抖。覺得自己心底慢慢地熱起來。

為什麼非得被束縛至此呢？我雖然這麼想，但這是無法宣洩的憤怒。

我看向湖泊。非常寧靜、平穩、美麗的湖泊。我怎麼都想不到，這裡竟然有這麼恐怖的神明。

這一切不是留生的夢嗎？給予我的懲罰、束縛住留生的契約，這一切都是存在的嗎？

雖然我想這麼想，但從他認真的表情、那道傷痕，還有我臉上的胎記看來，並不能說是輕描淡寫的事。

「對我來說，我的幸福，就是在一旁守護千花妳的幸福，除此之外的一切，對我來說都不算是幸福。所以，如果我必須不幸的話，就非得從妳眼前消失不可，不能待在妳身邊。」

這是多寂寞的話啊。守護著我就是幸福，應該是開心的，但我卻覺得無比寂寞。

留生忽然移開視線，看向宛如鏡面的湖泊，小聲地說「那一天」。

「兩年前的流星雨之日，千花跳進這裡的時候……我拚命地跑，設法追上妳，能夠救回妳，我發自內心的鬆了口氣。我們說了很多話，最後千花妳露出了至今最明亮、最爽朗的表情。」

「是啊……因為留生你的話拯救了我。」

我點點頭後，他開心地笑了，看著我。

「我想，這麼一來就沒問題了，千花一定不會再想要自我了斷，之後也會活下去吧。因為妳、妳的靈魂，是非常堅強且溫柔的。一定能靠著自己的力量跨越痛苦與悲傷。」

所以，留生形狀漂亮的嘴脣保持著微笑說。

「只剩我從千花妳眼前消失了。這麼一來，這次就一切順利，來生也能再見到妳。想到這裡，我就打從心裡鬆了口氣。」

他露出真的很開朗的表情。

「為了千花妳接下來能幸福的生活，所以我消失。如果我待在妳身邊，來世恐怕就見不到妳了。」

他用平靜的聲音乾脆地說完，忽然皺眉低語。

「……我已經不想再經歷這種感覺了。」

無數次、無數次看見一直尋找的人失去生命，他的心該有多悲傷、多痛苦啊？而且，還無法忘記這份悲痛，必須永遠地轉生。在數不清的人群中找出一個人，若拯救她了之後就要消失，不能再見面，自己把苦難強加在自己身上，死去後再度轉生……無限地反覆。簡直是難以想像的痛楚。

「所以，我得消失才行。」

我低著頭、咬著脣，然後抬起頭。

「這種……這種事，永遠持續下去嗎？那麼，留生是為了什麼而活的呢？」

我不由得說出自己的真心話。雖然我覺得這麼沒禮貌的問法說不定會傷到他，可我無法忍耐。

但，留生一臉平靜地回答。

「我打算永遠繼續下去，因為，我是為了見妳而生、為了幫助妳而生的。」

非常直接的話語，以及純淨的眼神。我啞口無言，只能回望著他。

正面接受我的視線，留生溫柔地笑了。

「因為，為了把我從神明那裡得到的永遠，全部、全部都獻給妳。」

像是會出現在電影或連續劇裡的台詞。聽了這番話，飾演女主角的女孩一定會高興到喜極而泣吧。

不過，我一丁半點都高興不起來。我並不想要這種答案。

「最初的我」也一定是同樣的心情。她不惜犯下罪過也要拯救他，並不是為了要讓所愛的人背負這樣的命運。

「所以，這樣就好了。千花不用擔心，因為能為妳而生、為妳而死，是我最大的幸福，我很開心。」

他所說的「妳」，指的應該不是只有我。應該是對以前曾經活過的「過去的我」、活到如今的「現在的我」，還有之後所有應該會活著的「未來的我」的心情。

一思及此，我心底一股悶悶的情緒，最終成了向上奔騰的火焰。那是說不清道不明的憤怒。

留生小聲地說「我該走了」，一下子站了起來。那個身影，比我記憶中的要纖瘦得多。這兩年間，他到底過的都是什麼生活呢？我心中的火焰燃燒得更加猛烈。

「那，再見了。我們一定總有一天會再見面的。在久遠久遠的未來，妳高齡大去，重新轉生之時，我一定會再去找出妳的，等等我。」

我看著他微笑告別的模樣，閉上眼反覆思考我已經看了無數次無數次，清清楚楚記在腦中的「最後一頁」上所寫的文字。

無論妳在哪裡，我一定會找到妳。
無論妳身處在什麼樣的痛苦之中，我一定會救妳出來。
那一天，妳拚盡一切救了我。
而妳現在，還繼續在贖妳為我所犯下的罪過。
妳所有的痛苦，都是因為我而對妳降下的刑罰。

所以，我想把從妳那裡得到的，還給妳。
如果妳的眼睛看不見，我就給妳我的眼睛。
如果妳的耳朵聽不見，我就給妳我的耳朵。
如果妳失去聲音，我就給妳我的聲音。
如果妳忘記了幸福，我就給妳我所有的幸福。
如果妳的生命迎向終結，我就給妳我所有的生命。
我的一輩子全部獻給妳。
因為我得到的永遠，全都是為了獻給妳。
將我的永遠全獻給妳。全部、全部、都給妳。
所以，請妳要幸福。這次要活得長長久久。

我張開眼睛仰望星空，星空浩瀚寬廣，想起與留生相遇那天如流星般的雨，心中既疼痛又溫暖。
然後我突然想起，在他消失的那天，最後留給我的話語。
「請妳，活著，即使我……。」
那時候他的聲音很小聲，我沒有聽清楚，可現在終於懂了。他是這麼說的。

「即使，我不在了……。」

做好自己背負一切消失的心理準備，他小聲地對我說了那些話。

從留生對我說的話中，傳達出他有多重視我。我很高興，非常高興。

但，不是。不是這樣的。

「——笨蛋!!」

我放聲大喊。然後用力地抱住準備從森林深處離開的留生背脊。

「……不是的，留生。」

我從他身後用力地緊緊抱著他。

我流下淚水，用硬擠出來似的聲音小聲地說「我不要啊」。

「我不要永遠，只要現在就好。」

留生驚訝地轉頭。漆黑的眼睛直直地看著我。

「犧牲自己什麼的，只是自我滿足啊。」

我盡可能地用強烈的語氣，選擇我能想到最傷人的表達方式，言詞犀利。要是不做到這個程度，他的想法一定不會改變。

「不好意思，因為就算你為我做這些，我也一點都不高興。即使是為了我，我也完全不想要留生的眼、耳、聲音、生命和時間。」

留生楞楞地看著我。過了小半晌，小聲說著「但是」的他，呆呆地抬頭望著天空。是在思考未來吧。

但是，未來「接下來」的我也一定會和我說一樣的話。如果她和我擁有同樣的靈魂，應該絕對不想為了自己的幸福，而希望留生不幸。

因為我是這麼的希望留生能在我身邊，希望他幸福的活著。我也不希望「過去的」留生選擇不幸。

對過去沒注意到默默犧牲自己的他，而無憂無慮生活的自己感到悔恨非常。

我的淚水大滴大滴滾落。我用力地緊緊抱著現在還想從我眼前消失的這個人的背。

「吶，留生，好好的看『我』啊……。」

我哭著如痛苦呻吟般地說，他發出小小的嘆息聲。只說了「我看著喔」。但是，不是的。

「好好看著現在在這裡活著的我。然後，好好珍惜現在在這裡活著的留生。」

斷絕一切人際關係，連與父母的緣分都犧牲了，只為了找出我而活著。

一旦達到目的，這次就讓自己變得不幸。我不希望留生這麼不把自己當一回事的活著。

「未來什麼的都無所謂。來生也好再來生也好，我不在意是不是更糟糕，也不在意是不是會被拯救，所以……。」

這點痛苦，和留生所嘗到的滋味相比根本不值一提。為了留生我可以忍耐。所以。

「現在，我希望留生能在這裡。現在，待在我身邊。」

他的眼睛張得不能再開，幾乎能倒映出天上廣闊的星空。

「因為，對我來說，留生待在我身邊才是幸福啊。要是留生不在了，我就會不幸。如果留生覺得你的目的是讓我幸福的話，現在，在這裡，不留在我身邊的話，就沒有意義了……。」

我拚命地選擇字詞組成語言。對這種說法是否真的能將我的心情傳達到他那裡感到不安，因自己的不善言詞而覺得十分沮喪。

「吶，留生，好好為了你自己，活出你自己的人生啊。」

「……為了自己而活，是什麼意思？」

而後，他露出一臉奇怪的表情。

他衷心覺得不可思議地低語。

他一定是由於為了別人而活的時間太長，因此導致忘了怎麼為自己而活。

沒有嗜好，也沒有喜歡的音樂，對自己毫不關心的樣子，到了在學校大家都用奇怪目光看他的程度。我想了想，緩緩回答。

「找出自己喜歡或不喜歡的事物，靠自己的雙腳為了自己而活，這樣吧。」

我不懂；留生困擾地小聲說。

「要怎麼才能找出自己喜歡的東西？」

「之後我們一起找。」

我擦去淚水，露出笑容。

「喜歡的食物、喜歡的顏色、喜歡的音樂、喜歡的運動、喜歡的電影……嗯，我好像也都沒有。」

我說了才注意到，不由得脫口而出，留生噗哧一下笑出聲。

「那，千花妳也得找出來了。」

被開玩笑似地這麼說，我胸口震顫。留生率真的笑容，非常溫暖而明亮，好喜歡。

「一起找出來吧。」

我握住留生的手。像幾乎沒有好好吃飯那般纖細不已的手。我一邊在心裡堅定起誓，絕對，不會再放開這雙手了，一邊用力緊握。

「四處尋找喜歡的東西吧。吃很多好吃的東西，去很多不同的地方，看許多美麗的事物，有很多開心的事情。這樣兩個人一起找出自己喜歡的、重視的事物吧。」

留生一邊笑著一邊說。

「這樣，好像很有趣呢。」

我笑著回答「對呀」。留生緩緩地眨眨眼，然後大大地深呼吸一口氣後說。

「我，可以選擇幸福嗎？」

像個天真的孩子毫無顧忌的問。

「一定可以。」

我乾脆地回答。

「要，幸福啊！」

我不由得大喊。因無法流暢說話而顫抖的身體，反倒使我的聲音更加有力。

「我不知道神明給了我怎樣的懲罰、締結過什麼樣的契約，這些都無所謂。自己能不能過得幸福，應該不是靠其他人來決定的。」

留生傻住似的看著我。我也發現自己說了不考慮後果的魯莽話語。但，這是我的真心話。

「我們要過得幸福，兩個人都是。兩個人，要過得幸福。要過得幸福給祂瞧瞧，要讓神明看見！」

從留生眼眶中，一顆一顆落下淚珠。就像在夜空中閃耀的星星一般美麗的淚珠。

「……謝謝。」

留生緊緊、緊緊地回握住我的手。然後像咀嚼似地低語。

「其實在我心底某處，一直想著和妳攜手到老，到死都在一起，直到最後的最後——。」

我一邊用雙手包住他的手，一邊「嗯」地點頭。

雖然繞了好長好長的遠路，但終於能實現「他」與「她」的約定了。「到死都在一起」，這個一開始最初的、兩人之間彼此的約定。

不知不覺間，銀河出現在天際。星星宛如銀粉般散落在藍色的天空中，像飄搖的銀藍色輕煙，就這樣倒映在如鏡湖面上，流星墜落。是讓人甚至會忘記呼吸一般的絕美景色。

我與留生並肩，在湖畔坐下。一邊看著閃耀著燦爛星光的靜謐湖泊一邊小聲地說。

「總有種沒事的感覺。」

我突如其來的一句，讓留生疑惑。我微笑解釋。

「因為看看湖面，沒覺得很火大的樣子嘛。神明一定已經不生氣了，已經原諒我們了。我的來生，一定也沒事的。所以留生，不需要讓自己不幸。」

眨眨還帶著水氣的眼睛，留生忽然笑了。

「我果然喜歡千花。」

我的臉唰一下發燙。這種情況下說這種話是犯規啊。

「……我實在不知道要怎麼應對留生你這一點。」

我不由得白了他一眼，他「欸」一聲，一臉大受打擊的表情。我第一次見他露出這種表情，不由得笑出聲。

「騙你的騙你的，抱歉，開玩笑啦。」

留生明顯露出鬆了口氣的表情。

「開玩笑的啊，對心臟真不好……。」

「抱歉抱歉。」

我哈哈哈地笑出聲音時，留生忽然盯著我看。

「妳把瀏海剪了耶，很適合妳喔。」

我覺得我好不容易壓下去的熱燙臉頰又紅回來了。

「嗯……以前為了要隱藏胎記所以留著，不過，這麼一來就看不清四周了，所以……」

我回想起在我決定要找出消失的留生時，拿著剪刀的那一天。為了絕對不要錯失他的身影，像打破長期繭居的殼似的心情剪了頭髮。

「原來世界這麼明亮啊」的驚訝，至今銘記於心。

留生輕輕伸出手，用指尖觸摸我生了胎記的右臉。

「妳的胎記，是妳溫柔堅強的證明，是對我愛的證明，所以每次見到它，我都像幾乎要哭出來似的，喜歡得不得了。」

嗯，我一邊感覺著臉頰上的熱意一邊點頭。

這一點我也是一樣的。之後，我見到留生額上的傷痕時，應該也會被那悲切的愛意而感動吧。

「吶，留生，告訴我你的故事。我想好好了解關於留生的事，留生從以前到現在的故事。」

我想在他踽踽獨行，漫長而孤獨的旅途上，至少用傾聽的方式陪伴他。所以，我想知道留生的永遠。

「嗯，要多少我都說給妳聽。全部都給千花。過去到現在的我，全部都給妳。」

我笑著說「就這樣啊」後開口。

「不只是過去到現在，我也想要接下來的以後。不只過去，未來也是。因為我的未來，也會全都給留生。」

他所給我的，龐大到現在的我還不了。所以，我會賭上我接下來的人生，成為配得上他想望的人。然後，想盡可能地待在留生身邊守護他，讓他也學會活出自己。

那個流星雨之夜，我們在公園的一隅相遇。我覺得那個瞬間，是我人生又一次的開始。然後，從一切當中解放的留生，也重新啟動了為自己而活的人生。

我們真正的人生就要開始了。未來必定如這滿天的星空一般，到處都既美麗，又明亮。

# 後記

這次，非常感謝您從眾多書籍當中選擇拿起了《將我的永遠全都獻給妳》。

本作是我出道當時想都想不到能完成的第六本書，而且，還是值得紀念的第一本未連載即出版的作品，這一切都是拜各位支持所賜。

我從五年前開始小說創作活動持續至今，但從一開始就一直是作品還在發想階段時便在小說網站上公開，一邊隨時更新一邊往下寫的創作風格。因此，心情經常會因為書籍訂閱人數或瀏覽數而憂喜參半，一邊受到感想回饋等的鼓勵一邊創作，因此到出版前，除了責任編輯外誰都沒讀過，也不會得到感想的直接出版，是我與自己心裡湧起的「這故事真的有趣嗎？能讓讀者們開心享受嗎？這樣可以嗎？」疑問的戰爭。

不知道是不是因為這個原因，本作是我至今所寫的書籍中最難產的作品。應該要從規畫情節開始寫的，可我卻數次修改設定與故事結構，為了符合這個修改已經沒辦法好好思考，一度寫完小說卻又各種增補刪修，大幅度重寫……這樣反反覆覆，回過神來時，從構思開始已經過了兩年。真的是很辛苦，但又嘗盡創作快樂的兩年。

數度改稿卻仍然出現卡住的地方，無法抹去自己心中的不協調感，又從設定開始重新思考，因此常常與時間搏鬥，給責任編輯添了不少麻煩。即使如此，編輯依舊沒有放棄我，還讓我修改到滿意為止，能讓我以自己的方式寫下覺得「就是這個！」的作品。即便還是個不成熟的作者，但我認為，這是我想抬頭挺胸地說「這是現在的我能寫出的最好作品」，用盡全力的一部作品。

前言不小心太長了，不過我還是想稍微聊一下關於《將我的永遠全都獻給妳》這本作品。

本作的構想，是從下題目開始的。我把這個突然想到的句子記在手機筆記本APP裡，心中一隅一直記掛著有一天想用這個標題來創作作品。在與一迅社討論直接出版作品的時候，我立刻想起這個標題，決定就寫這個吧。

雖說還完全沒有決定細節，只有一個模糊「永生的少年，把自己永遠的時間全部獻給命運對象，奉獻自己深刻愛情的故事」的印象，決定「終極的、無償之愛」的主題後，接著延伸故事。

女主角千花，在家裡被家人忽視，在學校也是「比空氣還不如的存在」，到處都沒有能安心的容身之處，在黑暗中孤獨顫抖，活得如同死去的少女。自己沒有存在價值，不被任何人需要，在這個世界裡沒有任何同伴。她經常這麼想。比起沒有任何同伴，眼前的痛苦與悲傷占據了她的心，停止思考，視野狹小，也看不見周遭人真正的心情。類似她這種心理狀態的人，儘管聽過「痛苦的時候可以和其他人求助」的話，但不管有多少煩惱痛苦，還是連可以依靠別人都想不到，不認為有人可以幫助自己。

我一邊在高中執教，一邊進行文學創作活動，在過去的教師生涯中，看過很多像千花這樣，在家裡、在學校都不能安心打開心房、冷靜下來的孩子。所以，這個故事，是我想借用留生的台詞——特別是第153頁的「就算不被任何人需要……」——傳達給這些年輕孩子的話。

另外，突然出現在千花面前的神祕少年．留生，是為了達成「唯一一個目的」而生，對其他事物毫不關心，像在漂浮在半空中似的生活著。已經放棄了自己的人生，絕望的，不企求現狀以外的任何事物，可以說是死氣沉沉的態度，只是在等待時間過去、自己的生命走到盡頭而已。我想，世上一定有像這樣什麼希望都沒有，死氣沉沉過日子的人吧？雖然是我多餘的關心，但是，難得到人間走一遭，我希望他們積極地尋找自己喜歡的事物、享受人生。這個想法也借千花的台詞，放進了作品中。

我打從心裡期盼，這個故事能成為對痛苦生活、抱持煩惱的大家而言，稍微有一些觸動的作品。

最後，我想藉這個機會表達感謝之意。

從構想階段到製作情節，一路陪伴我到修改階段的S老師，不但介紹了各式各樣的作品給我，還仔細地閱讀拙作並給我許多詳細而具體的反饋，非常感謝。

包容沒辦法將作品好好整理歸納、猶豫不決的我，並陪伴我到最後的N老師。在所有階段都給您添了數不清的麻煩，但多虧有您，這個故事才能接近我的理想。非常感謝。

還有，過去購買過拙作的讀者、為我加油的各位。因為有大家的鼓勵，所以我才能全心全意地將這個故事送到各位眼前，跨越生產的痛苦，得以繼續書寫創作。我衷心感謝大家。

二〇一九年四月　汐見夏衛

國家圖書館出版品預行編目資料

將我的永遠全都獻給妳/汐見夏衛著；
猫ノ助譯. -- 初版. --臺北市：臺灣 東
販股份有限公司, 2023.08
278面；14.7×21公分
譯自：僕の永遠を全部あげる
ISBN 978-626-329-943-6(平裝)

861.57 112010764



# 將我的永遠全都獻給妳

2023年8月1日　初版第一刷發行

---

作　　者　汐見夏衛
譯　　者　猫ノ助
繪　　者　ふすい
編　　輯　魏紫庭
美術編輯　黃郁琇
發 行 人　若森稔雄
發 行 所　台灣東販股份有限公司
　　　　　＜地址＞台北市南京東路4段130號2F-1
　　　　　＜電話＞(02)2577-8878
　　　　　＜傳真＞(02)2577-8896
　　　　　＜網址＞www.tohan.com.tw
郵撥帳號　1405049-4
法律顧問　蕭雄淋律師
總 經 銷　聯合發行股份有限公司
　　　　　＜電話＞(02)2917-8022